伊坂幸太郎　中山七里
柚月裕子　吉川英梨

宝島社
文庫

宝島社

ほっこりミステリー

［目次］

ほっこりミステリー

伊坂幸太郎
中山七里
柚月裕子
吉川英梨

宝島社

伊坂幸太郎

『BEE』

伊坂幸太郎（いさか・こうたろう）

1971年、千葉県生まれ。2000年に第５回新潮ミステリー倶楽部賞を受賞し、『オーデュボンの祈り』（新潮文庫）にてデビュー。2004年『アヒルと鴨のコインロッカー』（創元推理文庫）で第25回吉川英治文学新人賞を、「死神の精度」（オール讀物）で第57回日本推理作家協会賞（短編部門）を受賞。2008年には『ゴールデンスランバー』（新潮文庫）で第５回本屋大賞と第21回山本周五郎賞を受賞した。

兜《かぶと》は、男が倒れるところを想像した。場所は、トイレの個室の中がいいかもしれない。首に手をかけ、息の根を止める場面を思い浮かべる。仕事の下見に来ていたのだ。なぜ、その男が標的になったのかは知らない。仲介者から請け負っただけだからだ。仲介者は、この男の妻から依頼を受けただけだ。又聞きの又聞きだ。

仕事をこなす際、下見をする場合もあれば、しない場合もある。今回は下見を行うケースだった。

男の会社のビルに入り、それとなく観察をしていたが、男は体格が良く、見るからに獰猛《どうもう》な顔つきで、同僚に対する態度は横柄《おうへい》であったから、これは間違いなく妻を虐《しいた》げる男に違いないと、少し眺めているだけで兜は確信した。兜にとってはもっとも遠い存在であるところの、亭主関白だ、と。

おそらくこの男は暴力夫で、だからこそ妻に命を狙われたのだ。自分のように、妻の顔色を窺《うかが》ったことなど一度もないに違いない。そうだ、きっとそうだ、と兜は考える。死んでも仕方がない男だったのだと想像を巡らせ、一人で納得する。

一通り下見を終え、ビルを後にすると、はめていた手袋を脱ぐ。被っていたハンチング帽を脱ぎ、眼鏡も取った。口の周りの、シール加工の付け髭《ひげ》も外す。

腕時計を見る。午後の三時過ぎだ。携帯電話を取り出し、着信履歴があることに気づいた。妻からだ。十分おきに数回、着信している。何かあったのか。妻と息子は、兜の本業のことを知らない。明かすつもりはない。法律に違反した物騒な業界に家族が関わる必要はないからだ。が、その法律に違反した物騒な何者かが、何らかの理由によって兜の家族に手を伸ばす可能性はゼロではなかった。

妻に何か危険な出来事でもあったのか？　兜はすぐに妻の携帯電話にかけ直した。胸騒ぎがしてならない。

頭を過《よぎ》るのは、先日、仲介の男が言っていた話だ。「あなたを手術しようとしている人間がいるようです」

手術とは、兜たちのやり取りで使っている符牒《ふちょう》でいえば、「命を奪う」ことを指した。

「スズメバチというのをご存知ですか？」と仲介者は続けた。

「あの虫の？」と言いつつ、そうではないとは分かった。スズメバチと呼ばれる業者がいるのだ。毒針を用い、標的を殺害する。ずいぶん前に、業界内で強い力を誇っていた男を殺害したことで名を上げた。兜はその頃、仲介者を通じ、その有力者からの下請け仕事をすることが多かったため、仕事量が減るきっかけともなった。

「スズメバチは前に、亡くなったと聞いたけれど。確か、あの、E2だったか」

東北新幹線〈はやて〉の車両は、E2系と呼ばれる。そして以前、東京発の〈はやて〉の車両内で、複数の業者がぶつかり合い、何人も死んだ事件があった。詳細は分からず、そこに関与した業者が誰であるのかは明らかになっていないのだが、業界の噂《うわさ》によれば、スズメバチがそこで死んだとのことだった。

「メスは亡くなりましたが、オスはまだ飛んでいるそうです」

ああ、なるほど。業者スズメバチは男女のペアで仕事をしていたという話だった。そのうちの女のほうだけが亡くなったのか。

「虫のスズメバチのオスには毒がないというのは本当なのかな」

「とにかく、注意したほうが良いかもしれません」と仲介者は忠告してくれたが、その時は、あまり気に留めなかった。自分が狙われる理由が思いつかなかった。

が、妻からの着信によりそのことを思い出すと、急に恐怖が全身を貫いた。これはまさに、俺を狙う何者かが行動を起こしたからに違いない、まずいぞ、危機が迫っているのだ。兜の思考は一度転がり出すと、思い込みの谷を、底に辿《たど》り着くまで勢いよく落ちていく。

「あなた」と妻の声が、電話の向こうから声がした。

「大丈夫か」

「大丈夫も何も、どうして電話に出ないの？　携帯していない携帯電話って、どういう意味があるの」妻がわあわあと言ってくる。

「悪かった。悪かった。ごめん」兜は謝る。

「あなた、大変なの！　ハチが」

背中に冷たいものが滑る。やはり、業者が狙ってきたか。「家の中に入って鍵を閉めて、絶対外には出るな」

◇

「頼むから、ちゃんと区役所に連絡してね」と妻はダイニングテーブルから立ち上がると、兜に強く言った。「あなたが刺されちゃったら、大変なんだから」

「心配」でも、「恐ろしい」でもなく、「大変」という表現であることに少々引っ掛かりを覚えたが、兜は聞き流す。「ただ、アシナガバチなんだろ？　スズメバチじゃなくて。それなら刺されたところで」

「でもねパソコンで調べたんだけど、アシナガバチだって結構、危ないみたい。とにかく、あなたが自分で退治しようとは思わないで」キッチンから言ってくる。

「分かったよ」兜は同意する。自分の体を心配されているのだと思うと、悪い気はしなかった。

家に蜂が現われたというから、てっきり同業者の男が妻を襲っているのかと泡を食ったが、よく話を聞けば、庭の木に蜂が巣を作っているとのことだった。思わず電話口で、「ああ、そっちの蜂か。良かった」と安堵《あんど》の声を発してしまったため、妻が、

「ちょっと、そっちの蜂ってどういうこと？　どうして、蜂がいて良かったわけ？　わたしの話を聞いているの？」と尖《とが》った声を発した。馴染《なじ》みの胃痛に、兜は襲われた。

「君が無事で良かった、という意味の、良かった、だよ」と、かなり苦しい弁明をし、「そのまま、蜂に手を出すんじゃないぞ。俺がどうにかするから」と地下鉄に飛び乗った。家に帰る途中で、ＤＩＹ用品店に立ち寄り、蜂用の殺虫スプレーを買ってきたが、妻はそれを見るなり、「絶対、自分ではやらないで」と強く言った。

「俺がやってみようかな」と言ったのは息子の克己《かつみ》だ。玉蜀黍《とうもろこし》を齧《かじ》っている。「ほら、案外、縁起がいいかもしれない」

「どういう縁起だ」

「蜂に刺されて、志望校に突き刺さります、とかさ」

大学受験を控え、夏休みだというのに予備校の講習に通っている克己は、ほとんど屋外に出ていないからか、肌の色が白い。目に充血が目立つのは、夜遅くまで勉強しているからだろう。兜が高校生の頃には、すでに進学の道からも就職の道からも外れており、人生の裏道とも言える胡散《うさん》臭い生活をしていたから、勉強に精を出す息子に対しては、羨望と憐《あわ》れみのどちらの思いも抱いてしまう。

「克己ちょっとやめてよ、蜂の毒で何かあったらどうするの」

「大丈夫だよ。殺虫剤でシューッとやれば」

「絶対にやめて。もし克己に何かあったら」

「大変だからな」兜が口を挟むと、妻がすぐに、「大変とかそんな悠長なことじゃないんだから。わたし、心配で」と言う。

兜は、「なるほど」と思った。なるほど、俺に対する言葉とは少し違うものだな、と。

「でもね、あなた」茹《ゆ》で上がった玉蜀黍を皿にのせた妻は、兜を見る。「明々後日《しあさって》の朝、キャンプに行くでしょ。ほら、佐藤《さとう》さんのところと一緒に」

「うんうん、そうだったよな」兜は当然のように、至って冷静を装い、うなずく。実をいえば、そのキャンプの予定についてはまったく記憶になかった。が、妻の口ぶりからするに、それはすでに兜は知らされている情報なのだろう。ここで、「何のことだ?」などと聞き返してはならない。「あなたは、わたしの話をいつも聞いていないわよね」と嫌味がはじまるに決まっている。いや、話がはじまるのならばまだ良かった。終わる可能性もあった。不機嫌丸出しで、黙り込むかもしれず、そうなれば家の中は凍りつくだろう。

日頃、物騒で、穏やかとは言い難《にく》い仕事をこなしている兜としては、せめて家族の時間は、平和な状態にしておきたかった。

そのためであるなら、「キャンプとはいったい何のことか」と訊《たず》ねず、自分を押し殺し、「キャンプ、楽しみだな」と話を合わせることくらいは、余裕でできる。

山に行くのだろうか。それとも川に行くのだろうか。どこかのキャンプ場だろうか。自分の記憶を探るが、何も出てこない。おそらくそのことを妻が伝えてきたのは、兜が仕事で疲労困憊《こんぱい》ですぐにでも眠りにつきたい時だったのだろう。そして兜はいつものように、大袈裟な相槌《あいづち》を打ち、いかにも話を聞いている反応をしてみせたに違いない。例えば、「山にキャンプか！　それは凄い」であるとか、「川はいいよな！」であるとか。どちらにせよその場しのぎの反射行動として、受け答えをしたのだろう。だから、頭には記録が残っていない。

そして、だ。そもそも、そのキャンプは自分も参加予定なのか？　兜はそれも分からなかった。考えた末に、「晴れればいいよな」と言った。キャンプとなれば屋外であるのは間違いないだろう。当たり障りのない合いの手としては、申し分がない。

「でも、あなたは留守番で悪いわね」妻が言った。

「いやあ、問題はないよ」兜は、俺は留守番なのだな、と一つ新情報を得たことに手ごたえを感じながら、答えた。それからすっと視線を脇にずらすと、キッチンのカウンターが目に入る。いかにも読みかけといった雑誌や本が重なっており、そのうちの一つのタイトルが、「山の四季　野草と花」であった。

ああそうか、キャンプ先は山だったのだ、と兜はぴんときた。だから、このような本を読んでいるのだろう。そう考えれば、深夜に妻からキャンプの話を聞いた際に、いや、その記憶は依然としておぼろげだったが、とにかくその際に、「山に行く」といった発言を耳にしたような気がした。ぼんやりとした非常に不明確な感覚ではあるが、そのように思えてならない。

家族の会話は平和に展開されていた。あとはテレビでも眺め、就寝までの時間を過ごせば良かった。にもかかわらず、兜は、「山で変わった虫とか見つけたら、教えてくれよな」と口にした。それは家長として言葉のキャッチボールのラストを少し気の利いた台詞《せりふ》で締めるべきだという使命感からだ。画竜点睛《がりようてんせい》を欠く思いが心のどこかにあったのかもしれない、家族のコミュニケーションに最後のひとふでを加えたくなったのだ。兜の昆虫好きは妻も息子も知っていることで、それを好ましく思っているかどうかは別にしても、特に違和感のある合いの手ではなかった。

「山？　え、山ってどういうこと？」妻の引き締まった言葉が返ってきた時点で、しくじった、と兜は自分の胃が引き締まるのを感じた。中国の故事でいえば、蛇の絵に足を描き足した、あの男と同じ失敗だ。後悔が全身を走る。「わたしたちがキャンプに行くのは、海沿いのキャンプ場なんだけど。あなたにもそれ、何度か説明したよね？　なんで山に行くと思ってるの？」と妻に槍《やり》を突き付けられている。「わたしが喋《しゃべ》った時、夏は海だよな、とか返事してたじゃない。あれは何だったの？　生返事だったわけ？　それともあれは別人だったの？」

兜はこういった場合、ただ一つのこと、どういう返事をしたら妻の怒りは和《やわ》らぐだろうか、どう答えたら平和に終わるのか、それだけを考える。が、「あれは生返事だった」と答えようが、「あれは別人だった」と主張しようがどちらも妻を怒らせるのは間違いない。

「あなたはいつもわたしの話、何にも聞いていないんだよね」

「いやあ、そんなことはないよ」兜は曖昧な言葉を繰り返すほかない。「ちょっと思い違いをしていただけだ」

曖昧に、けれど毅然《きぜん》とした態度で答えるほかない。

「たぶん、親父は、仕事先の人とかの話とごちゃまぜになっちゃったんじゃないの？　山にキャンプに行く人とかもいるだろうし」助け舟を出してくれたのは、克己だった。玉蜀黍の芯の部分を皿に戻しながら、面倒臭そうに言った。

「ああ、そうだったかもしれないな」兜は、息子の言葉に穏やかに応えていたものの、内心は感謝の思いで泣き崩れるほどの感動に満ちていた。船首が折れ、船内に浸水がはじまり、もはやわが命もここまでかと諦めかけたところに、息子の乗ったヘリコプターが梯子《はしご》を垂らしてくれた、まさにその思いだった。ありがとう、と息子に抱きつきたいところを必死にこらえ、せめてもの思いで、克己にだけ見えるように親指を突き出し、グッド！　の印を見せたが、克己は興味もなさそうに一瞥《いちべつ》をくれると、しらっとした表情ですぐに視線を逸《そ》らした。

　妻は、克己の言葉の効果により少しトーンダウンした。「もう、何だかねえ、あなたも仕事忙しいだろうけど」とぼそぼそと言う。

　兜は、むにゃむにゃと答える。彼女の言うところの、「仕事」とは、文房具メーカーの営業職のことだ。ただ、そちらの仕事は、数年前からごく簡単な事務仕事をするだけの閑職となっていたから、忙しいかといえば、決してそうではなく、客先の人間と会うことも今はだいぶ減っている。

「で、キャンプがどうかしたのか」兜はそこで、そもそもの話の発端を思い出した。

「その話だった。明々後日、早朝からキャンプに行くけど、車に荷物を入れなくちゃいけないでしょ」

「キャンプ用品を」

「そう。トランクを開けたり」

「閉めたり」もはや、こういった何も意味をなさない掛け声しか発したくない心境になっている。

「そう。で、その、蜂が巣を作っている場所が、ほら、駐車場のすぐ後ろの金木犀《きんもくせい》なの」

「ああ」兜は少し、妻の言わんとすることが分かりかけてきた。「トランクの開け閉めをしていると、蜂が怒って、向かってくるんじゃないか、と」

「わたしはまだしも、ほら、克己が刺されたりしたら」

「そうだな」兜は深く考えずに、妻の意見に同意を表明するつもりで、答えたが、妻の目つきが鋭くなったため、慌てて、「いや、君が刺されてももちろん、大変だよ」と言い足す。引っ掛け問題のようなものだ。

「キャンプの日までにはどうにかしたいんだけれど」

「じゃあ、明日あたりにスプレーでやっつけるか」

「でも、危ないから、業者に頼んだほうがいいと思うの。区役所に問い合わせてみれば、たぶん、担当の課があるだろうし」

兜は壁にかかっているカレンダーに目をやった。世間は、八月のお盆休みに突入している。役所は休んでいるに違いなく、業者にしても連絡がつくかどうか怪しい。少なくとも、明々後日の朝までに、とは難問だ。

「俺がやろうかなあ」と克己がまた言ってくるため、手で制止した。「俺が様子を見る」と兜は席を立つ。「まずはターゲットの情報を得ないと」

「ターゲットって、まるで、殺し屋が標的を狙うみたいだよ、親父」

兜は、息子をまじまじと見返すが、どうやらただの冗談らしい。

「今、外に出ても暗くてよく見えないから、昼間になってからのほうがいいわよ」妻が言うため、兜も同意した。「確かに、その通りだ。君の意見は本当に鋭いな！　感服するよ」と自分でもやりすぎかと心配になるほど、大袈裟《おおげさ》に感心したが、妻は特に違和感を覚えなかったらしく、むしろ、まんざらではない面持《おもも》ちで、台所へと消えた。

夜になり、自分の部屋の机の前に座った兜は、パソコンを起動する。妻は寝室で横になった途端、眠り、息子は部屋に戻った。勉強をしているのだろう。

インターネットブラウザを起動し、蜂の退治についての情報を検索する。アシナガバチ、駆除、退治、仕方、そういった曖昧な単語の組み合わせでは予想通り、膨大な検索結果が出てくることとなり、怯《ひる》む。まずは目についたページをいくつか眺めていく。大半は、業者の紹介ページであったが、「スズメバチを発見したら、絶対に業者に！」と強調されている文章を発見し、兜は居住いを正す。

アシナガバチも危険だが、スズメバチとなると、まさに命に関わる。絶対に、自分で退治してはならない。そういうことらしい。

蜂の巣の写真も載っていた。

一つは穴のたくさん開いたものだ。銃を構えた人間が、「蜂の巣にしてやるぞ」と啖呵《たんか》を切る際の、もちろん兜自身は同業者で銃を扱う者の中にもそういった台詞を吐く人間に遭《あ》ったことはないのだが、その時にイメージする、蜂の巣とはこれだろう。シャワーヘッドにも似た、穴の多い巣だ。もう一方の写真は、巨大なスイカのようなボール型をしている。陶芸作品にも似ており、美しい模様も見えた。穴は一ヶ所にだけ空《あ》いているらしい。そしてその、ボール型のほうがスズメバチの巣のようで、「発見した巣がこちらの場合は、絶対に業者に任せないと駄目だ」と記されている。業者による宣伝かとはじめは疑ったが、別のネット情報にもそう記されていることが多かった。

スズメバチとはそれほど手強いのか、と兜は恐怖を覚え、その一方で、我が家にいるのはアシナガバチであるからまだ良かった、と胸を撫《な》で下ろした。

◇

「敵は間違いなく、スズメバチのようです」医師は言った。いつも通りの、抑揚のない、彼自身が医療器具の一つとしか思えぬ口ぶりだ。

「いや、妻が見たところ、どうやら庭にいるのはアシナガバチらしい」兜は答えながら、朝、家を出る前に庭を確認してくるのを忘れたことを思い出していた。早く対処を考えねばならない。

「その虫の話ではないのですがね」医師が無表情のまま、眼鏡を触る。

都内のオフィス街のビルにある、内科診療所だった。立地条件は悪くない。医師の診断も確かであるし、薬も効く。が、いつもそれほど混雑はしていない。医師の態度に温かみが感じられぬことが、患者を遠ざけているのではないか。それしか考えられない。と兜は分析している。

前に座る医師の持つカルテには、依頼人からの依頼内容が記されているが、走り書きとなっており、覗《のぞ》き見しても兜には内容が分からない。

以前、業界内の男が、「同じ仲介者から言わせてもらえれば、おまえのところの医者はなかなかうまくやっているよな」と言ったことがある。岩西《いわにし》というその男はいつも面倒臭そうな言動を見せるが、実は神経質な男で、ナイフを使う若い業者に仕事を割り振っては、「俺は鵜飼《うか》いだからな」と悦《えつ》に入っていた。死んでるようには生きたくないとよく言っていたにもかかわらず、死んでしまったが、その彼は、「いいか、医者ってのは基本的に、個室で患者と喋る。だから、仕事の話をするのにも都合がいい。殺しの話も、隠語を使えば看護師に聞かれたとしてもそれほど不自然ではない。そうだろ」と得意げに語った。

確かにその通りで、医師と兜のやり取りは大半が、符牒を使っていた。殺しのことは、「手術」と呼び、「腫瘍《しゅよう》」は標的を指した。依頼主は、「患者」だ。「患者が腫瘍を手術で切除してほしい、と言ってきた」と文章にすることができる。武器が欲しければ、「薬を増やしてほしい」と頼み、処方箋を書いてもらう。

「仲介をしていて何が厄介かといえば、情報の保管なんだよ。パソコンに入力しておいてもいいけどな、そいつが見つかったらもうアウトだろ。その点、カルテは個人情報だからな。一般の患者のカルテの中に紛れ込ませて、専門用語で翻訳しておけば、ほとんど安全だ。おまけにほら、レントゲン写真に見せかけて、ターゲットの地図を挟んでおくこともできる」

兜が業界に首を突っ込み、人の命を奪う仕事をはじめるようになった時から、兜の仲介者はこの医師であったため深く考えたことはなかったものの、言われてみればなるほど医者ならではの利点は多かった。

密室で秘密の話をするには、病院の診察室は最適だ。兜のほかにも業者が通ってきているのは間違いないが、いまだかつて、それらしく見えた患者はいなかった。古株の看護師一人を除き、他の看護師たちは、医師の仲介業については知らない節もある。

「どこの誰が、俺を手術したがっているんだろうな」業者スズメバチが狙っているとは、つまり何者かが、兜の殺害を望み、スズメバチに仕事の依頼をしたということになる。

「夏はスズメバチが活発に活動するそうですよ」医師はあくまでも世間話を装った。

「特にお盆時期のこの頃からは、勢力を拡大します」

「雇ったのは誰なんだろうか」

「検査結果が出るにはもう少し日数が必要です」医師は言う。言葉を選んでいるのだろうが、彼の中にインストールされている翻訳ソフトで、言葉を検索しているようにしか見えない。

「例えば、俺がやった手術のお礼をしたがっているんだろうか」兜が仕事により殺害してきた人の数は把握できていない。医師のもとにあるカルテをひっくり返せば、正確な数字が出てくるかもしれないが、両手両足では到底、数えきれない。関係者の中には、恨みを抱く者がいてもおかしくない。「前にも一度あったけどな」

ある女が、兜に、恋人男性の殺害を依頼したが、一方で、その恋人男性も身の危険を感じはじめ、別の業者に、「守ってくれ」と依頼をした。結果、そちらの業者が先手必勝よろしく、兜に攻撃をしかけてきたのだ。

「あの時は、無事に切除できました」

「先生が思うほど、簡単な手術ではなかったぞ」その殺し屋との格闘を思い出しながら兜は言ったが、その直後、「あ、もしかすると、あれか」と閃《ひらめ》いた。

数ヶ月前、兜は、ある集団の計画を阻止した。爆破事件と籠城事件の物騒な計画を企んでいたようだが、そのグループの主要な何人かを兜が、依頼されたために、殺害した。

「あれで、怒った奴がいるのかもしれない」

「可能性はゼロではありませんね」

「あの仲間たちが、俺に報復しようとしているのか」口に出すと、兜の頭にはその考えがくっきりと刻まれ、決定事項としか思えなくなる。「ただ、そうならとばっちりだ。恨むなら、俺ではなくて、もともとの患者のほうだろう。それに、先生だって関係はある」

仲介者の医師も狙われてしかるべきだ、と兜は言いたかった。

医師は表情を変えない。「そうかもしれません」

まったく考えの読めない男だ、と兜は溜《た》め息を吐《つ》きたくなった。二十年以上の付き合いになるが、この医師には、その間に老いた印象がほとんどない。お互いの精神的な距離が近くなった感触もなかった。

「この仕事を辞める前に、狙われたら最悪だな」

息子が生まれた頃から、兜は、「業界から抜けたい」と医師には主張している。

どうして、辞めたくなったのか。

答えは簡単だ。子供ができたからだ。子育てをしているうちに違和感を覚えはじめたのだ。

息子に対し、「誰かに迷惑をかけてはいけないよ」「人の物を奪っては駄目だ」と世の中のルールを教える一方で、自分は他人の命を奪っているのだから、これほどの矛盾はない。さすがに自己嫌悪に陥る。信号を守れ、と叱るたびに、「信号どころか、おまえは人を殺しているではないか」と責められる気分になった。

業界から抜け出すためにはまとまった金がいる。

辞めたい、と言った兜に対する、医師の返事はそれだった。

今まで、兜の仕事をサポートするためにはさまざまな経費がかかっている。経費は、医師の財布のみから出たものではなく、「辞めたくなったから辞めます。さようなら」では反感を抱く者も現われてくる。この業界では、反感は時に、殺意にも繋《つな》がる。ようするに、金銭的な問題をクリアして、揉《も》めることなく辞めるのが安全、というわけだ。

兜も特に異論はなく、それ以降は、辞めるために前よりも頻繁に仕事を引き受けることになったが、まだ目標額には届いておらず、二十年近くが経っても返せぬ借りとはいったい何なのかと呆《あき》れながらも、克己が成人するまでには何とかしたい、と思っていた。

「家にはアシナガバチがいるし、業者のスズメバチにも狙われている。散々だな」こういうのはアブハチ取らずとは言わないものか。

「庭の蜂はどうされるんですか。役所には連絡したのですか」医師にしては珍しく、世間話に踏み込んできた。

「区役所のサイトには、メールで連絡をすれば業者のリストを教えてくれると書いてあった。ただ、お盆に入っただろ。だから、まだ連絡はない。自治体によっては、業者を派遣してくれるところもあるらしいが」

「では、どうするんですか」

「『あなたは絶対にやらないで』と言う妻が一方で、『キャンプの出発日までにはどうにかして』と言ってくる。しかも、役所も業者もお盆休みだ。いったいどうしろって言うんだ」

「『自分の力では退治しないで、しかし早急にどうにかしろ』とは難問ですね。『ヴェニスの商人』にそんな話がありましたが」

「そうだったか？」兜の人生の中で、読書の経験はほとんどなかったが、妻や克己が読む本を時折、手に取り、いくつかは読んでみたことがある。『ヴェニスの商人』もその一つだった。とはいえ、内容はあまり覚えていない。

「あの話では、意地の悪い金貸しシャイロックが、『出血させずに、肉を切れ』と言われ、敗北します。『蜂を退治せず、でも、明後日までには安全にしろ』という指示もそれに似ていませんか」

兜は少し思い出した。が、あの作品で印象に残っているのは、ラスト近くで、妻たちが、「わたしがあなたにプレゼントした指輪をどうして、他人にあげたのか」と夫に詰め寄る場面だった。正直に弁解しながらも、謝罪に追い込まれる夫に感情移入し、胃が痛くてならなかった。しかもそれも妻の策略だったのだから、妻とはかくも恐ろし、とそのことばかりが残っている。

◇

夕方、家に戻った兜は庭の木、金木犀を確認した。くっきりとした緑色の葉が茂り、花芽もできている。まだ香りがする時期には早いか、と鼻を寄せたが、そこで細かい羽ばたきの音がして、びくんとなった。

黄色と黒の模様をつけた蜂が、兜の脇を通り、木の茂みの中へと消えていく。巣へ帰還するところなのか。

殺し合いの場面は何度も経験した。

口径の大きな銃や刃物を構えた相手を前に、素手で格闘したことも数えきれない。恐怖や緊張で心臓の鼓動が増すことすらなくなっている。

それが今や、蜂の動き一つに緊張していた。兜は苦笑せざるを得ない。

俺を恐怖で直立不動にさせたのは、おまえが久しぶりだ、と蜂に対して言いたいほどだった。緊張を感じさせるのは、おまえと、俺の妻だけだ、と。

意識を切り替える。虫ではなく、同業者と対峙《たいじ》している、そう思うことにし、すると期待通り、落ち着くことができた。呼吸を整える。すっと足を踏み出し、茂みに顔を寄せる。

人間同士の対決の場合、相手に気配を察知されないことが重要だ。気配は、声や物音だけでなく、空気の震動によっても起きる。俺がもし蜂であれば、と想像した。枝の揺れはもとより、葉が震えただけでも反応はするだろう。

とはいえ枝や葉に触れぬわけにはいかない。体を必要最小限に動かし、枝をいくつか掻《か》き分けた。幹が把握できた。太い枝との分かれ目に、土色の固まりが、肥大した皮膚の腫物《はれもの》のように、膨らんでいるのが見えた。金木犀の実にしては、巨大だ。

巣に間違いない。

兜は前日にインターネットで見た画像を思い出す。

シャワーヘッドに似た巣はアシナガバチで、ボール型のはスズメバチという、あれだ。

兜の目の前にある巣といえば、枝が邪魔で全貌は分からぬものの、明らかに球体で、宇宙にあると言われる惑星のような外観をしていた。

兜は顔を歪《ゆが》める。同時に、ぶうんとゴムが鳴るような、震動がした。蜂の巣から一匹、顔を出したのだ。凶暴なマスクを被った強盗犯を思い浮かべる。黄色と黒の配色は、兜の心の深いところを刺激してくる。

まずいな、と兜は思った。二つの点で、面倒だ、と。

一つは、退治する相手が、スズメバチであったこと、もう一つは、「あれはアシナガバチではなく、スズメバチだ」と妻に指摘することだった。

世の中に真理はいくつかある。兜はまともに学校教育は受けずに生きてきたが、それゆえに、実体験として理解した常識や真実があった。

そのうちの一つ。誰であれ、間違いを指摘されれば心地良いはずがない。

さらに、その間違いを指摘してきたのが配偶者であれば、不快さはもっと増す。

気が重い。

家の中に入った兜はすぐにパソコンを起動させた。役所からの返信はまだないが、そのことを責めるのもお門《かど》違いだ。お盆に休むことは伝統的なものであるし、事前に周知もされている。いくつかの駆除の業者に電話をかけてみるが、繋がらなかった。

やはりお盆だからだろう。

それも悪いことではない。問題は、スズメバチにはお盆休みがないことだ。

情報を見ていくうちに、スズメバチにもいくつかの種類があると、知った。もっとも大きく、もっとも恐ろしいのは、オオスズメバチらしいが、説明によれば、オオスズメバチの巣は地中などに巣を作るらしく、都心や住宅地の樹で生活するとなると、コガタスズメバチもしくは、キイロスズメバチの可能性が高いという。どの蜂も自分たちが攻撃を受けなければ無闇に人間を刺すことはない、とも書かれていた。巣に何者かが近づけば、偵察部隊が数匹、飛行し、威嚇《いかく》を試みる。その人間が場を離れれば、それ以上の攻撃はなく、ようするに厄介なのは、反射的に、その偵察部隊を手で払い、蜂を潰した場合に限る、とのことだった。やられた蜂からは、「こいつ、やりやがったな」と仲間に危険を知らせる警報フェロモンが出るらしく、それを探知した巣の蜂たちが襲ってくるのだ。

そっとしておけば、刺されることはない。その記述は、非常に心強い情報であった。が、妻が心配している通り、荷物の出し入れをする際に、特にキャンプ道具は大きなものがあるため、うっかりと蜂の偵察要員を叩《たた》いてしまう可能性はゼロではない。その際、「悪気はなかったのだ。事故なのだ」と説明できるフェロモンがあれば良いが、おそらく我々にも、そしてスズメバチにもそこまでの用意はあるまい。

妻が帰宅したのは夕方五時過ぎだった。彼女の勤める職場もお盆休みであるから、友人と買い物に出掛けていたのだろう。最近、料理教室なるものに通うようになったため、そこで知り合った何者かと出掛けたのかもしれない。高級な食材を使い、凝った調理法の料理を教わっているらしいのだが、自宅では一向に披露される気配がなく、ようするに、自分たちがその場で食べるために料理をしているだけ、といった節がある。一度だけ、「我が家では作ってくれないのか」と訊ねたことがある。むろん、そのような台詞ではなく、「自分も食べられたら、これにまさる喜びはないでしょうね。きっと無理でしょうが」といった遠慮気味の言い方で、しかも、空耳ではなかったかしらと相手に勘違いさせるほどの、静かな口調だったが、妻は鋭い目つきで兜を睨《にら》んできたため、それきり料理教室の話はしないことにした。兜の頭の中には、「タブーの箱」とでも呼べるものがあり、妻との会話で話題にしてはならぬものを、しまっている。「料理教室」もそこに放り込んだ。

帰ってきた妻は見るからに機嫌が良かった。「ただいま。あら、あなたも帰ってたのね」と軽快に言い、「今日の夕飯、まだ作っていないから、これから用意しなくちゃ」と口にした。兜はそこですかさず、「前に出してくれた、冷凍チャーハンがあるだろう。あれ、美味《おい》しかったから、また食べたかったんだ」と答える。

何が食べたい？　と妻に訊《き》かれた際に、どう答えるべきか。もちろん正解はないものの、兜は経験からいくつかのことを学んでいた。「何でもいいよ」と返事をするのは論外だ。何でもいい、と言われて喜ぶ料理人はいない。「デリバリーを頼もう」「外食するか」と景気よく返すのは悪くない。悪くないが、良いわけでもない。相手の機嫌によっては、「そんなに贅沢《ぜいたく》できるわけがないでしょ。あなたは本当に、家のことに云々かんぬん」と責められる危険性がある。現に、兜は何度か経験していた。食事の時間を食い潰すほどの、長い愚痴が続く可能性も高い。

それであるのならば、妻の手間のかからぬものを、「まさにそれを自分が欲しているのだ」と口に出すほうがよほど良い。先方も、「あなたがそれが食べたいのなら、そうします。ちょうど、作るのが楽だし」と好意的に受け止める。

妻は、「じゃあ、そうするわ」と機嫌良く応じた。

「あ、そういえば庭の巣を見たら、どうやらアシナガバチではなくて、スズメバチみたいだったぞ」兜は滑り込ませるように、情報を口に出した。

「え」妻が動きを止める。「そうなの？」

「巣の形からするとスズメバチだ」

「わたし、間違えちゃったね」と妻は言う。

「いや、すごく似ているんだよな、アシナガバチと」と兜は自然を装い、弁護したが、言ってから、そこまで神経を尖らせる話題でもなかったか、と恥ずかしさを覚えた。

「じゃあ、絶対に業者に頼まないとまずいよね」妻は言った。「あなた、まさかもうやってないよね」と声を尖らせた。

「もちろんだ」兜は答えた。それはもしかすると、退治しておいてくれても良かったのに、という含みのある言葉だったのか？　と気になる。妻の発言を深読みする習性はどうにもならない。

夜になり克己が帰ってきた。いつも通り、のそのそと二階の部屋に行き、降りてきたかと思うと風呂に入り、出てきたかと思うとテレビの前のソファに寝転がった。そんな無防備だと殺し屋が襲い掛かってきた時に対応できないぞ、と忠告の一つもぶつけたくなったが、冷静に考えれば、息子は業界とは関係がない。

「今日も予備校だったのか」分かってはいるが、兜は訊ねていた。むすっと面倒臭そうな態度をされるのは予想できた。自分も思春期にはそうであった。であるのにわざわざ交流を図りたくなるのは、何か遺伝子や本能の働きによるものなのか。

「予備校の自習室」克己がぶっきらぼうに答える。いつもであれば、その短い言葉でおしまいになる。ただ、「そういえば」と珍しく続きがあった。「今日、バス停で待っていたら、やり切れなくてさ」

「どうかしたのか」

「親子がいたんだよ。若い母親と、幼稚園くらいの男の子で」

平和そうじゃないか、と兜は言いかけて、やめた。平和ではない親子もたくさんいるからだ。

「で、どうも昨日の夜くらいに、その家で飼っていた猫が死んじゃったみたいなんだ」

「それはまた可哀想に」兜は棒読みしてしまう。日頃、人の死に介在する仕事ばかりしているため、猫の死に対してどう反応すべきか、すぐには分からない。

「たぶん、母親が昔から飼っていた猫なんだろうな、子供よりも母親のほうがショックを受けていて。めそめそしていたんだ」克己は口を尖らせる。「子供のほうがしっかりしていて、でも、母親が悲しそうだから、どうにかしないと一生懸命、励ましていたんだ」

「けなげだな」

「俺もそう思った。で、その子が、『ママ、ミケはお星になっちゃっただけだよ』と言ってさ」

「いい子だな」

「そうしたら母親が鋭い顔で、『そんなこと言うなら、星まで行って、連れ戻してみて！』とか言い返したんだ。最悪だろ」

「猫が死んで、気持ちがおかしくなっていたんだろうな。感情的になって、思わず、子供に当たっちゃったのかもしれない」俺など、妻からの感情的な八つ当たりを始終、受けているのだ、と言いたいところだった。

「でも子供にぶつけることないだろ。すぐにその母親も、しまった、って顔してたけど」

「親っていうのはいつも、しまった、と思ってるんだよ」

「子供が可哀想だ」

「まあな」兜は答える。「ただ、子供だって、母親が本気で言ったわけじゃないとわかっているかもしれないぞ。そうやって、親も完璧じゃなくて、感情で態度が変わるものだ、と学んでいくのかもしれない」

兜としては、実体験からくる発言だった。兜の両親は、兜に対し、いつも荒く接していた。感情に任せ、勝手なことばかりを言い、だからこそ兜は、大人の顔色を窺うことに長《た》けてきた。ああ、そうか、とそこで気づく。だから自分は、妻の顔色についても必要以上に、敏感に反応してしまうのではないか。

「ねえ、克己、庭の蜂、スズメバチだったみたいよ」ダイニングテーブルに来た妻が、声をかけた。「気を付けてよ」

「スズメバチはさすがに怖いなあ」と克己が庭に面した窓に目をやる。「親父、業者に電話した？」

「お盆休みらしい」

「親父も絶対、退治しようと思わないほうがいいよ。俺のクラスの奴のじいちゃんも、スズメバチに刺されて、相当やばかったらしいから」

相当やばかった、の程度がどれほどだったのか。兜は、情報の伝達については懐疑的だった。業界で流れてくる噂には尾鰭《おひれ》がつくことが多いからだ。悪気はなくとも、内容は大雑把に伝わる。死者が五人だった事件が、十人となることはざらにあり、五十人として広がるのも珍しいことではない。スズメバチの被害も、死に至るほどではなく、病院に駆け込んだだけでも、「やばかった」と表現することはできる。

「ネットの情報を見た感じだと、街にいるようなのはキイロスズメバチとかで、それほど毒性は強くないみたいだけどな」

「でも怖いよ」

「よっぽどひどいことをしなければ襲ってこないらしい」

「あのさ、親父」克己が、兜を見た。人生の経験からすれば明らかに後輩である息子が、対等に自分に話しかけてくることに時折、困惑するが、不快感はなかった。

「何だ」

「殺虫スプレーで、巣をやっつけようとするのは、ハチからすれば、よっぽどひどいことに分類されるよ」

「確かに」兜は答えた途端、全身が無数の蜂に覆われ、一斉に刺される恐怖を覚える。鳥肌が立つ。「業者に任せよう」

◇

気持ちに変化が訪れたのは、ネット上に投稿された動画を見たからだった。

自分では駆除しない、と決意表明をしたにもかかわらず、深夜にパソコンの前で、スズメバチ、と検索していた。

投稿動画のサイトに辿り着く。はじめに目についたのは、スズメバチとカマキリの対決する映像だった。映画やアニメとは異なる、自然の中でのリアルな昆虫同士の、どちらかの命が尽きるまで続く戦いはかなり不気味で、日ごろ、人間同士で、どちらかの命が尽きるまでの戦いを生業《なりわい》としている兜の目からも、恐ろしかった。恐ろしくも、また、興味深い。何より興味深かったのは、カマキリとスズメバチが互角に見えることだった。投稿された動画には、カマキリが勝利したものと、スズメバチが勝利したものの両方のパターンがあり、対戦の状況を見たところによれば、ほんのわずかな隙や展開の妙によって勝敗が分かれていた。

つまり、スズメバチとカマキリは永遠のライバルとも言える、拮抗《きっこう》した力を備えていたのだ。

兜はそのことに好感を抱いた。一方の種族が、もう一方を、余裕綽々《よゆうしゃくしゃく》な様子で滅ぼすことほど不快なことはない。リスクのない場所から、他者をいたぶる狡猾《こうかつ》さを覚える。ごく普通に生活をする老人を、寝ている隙に殺害するのと同じで、兜から言わせれば、非常に簡単な、恥ずべき仕事だ。そして、その、簡単で恥ずべき仕事をこなし、自慢げな輩《やから》を見ると不愉快でならない。

仕事は楽なものではない。兜はそれを、日中に通勤する文房具メーカーの営業職をやりながらも痛感する。上司とぶつかり合った結果、閑職に回され、何の役にも立たぬ計算を日々やらされているだけであっても、楽ではない。精神的に疲弊し、悩みは尽きない。楽々とこなせる仕事など、世の中にはないのだ。

スズメバチ対カマキリの死闘を見ながら、「こうして対等にリスクを負いながら、真剣勝負をする様子は良いものだ」とつくづく思う。

その後で、「自力で、スズメバチ駆除」という見出しの動画を見つけた。

再生ボタンをクリックする。

現われたのは防護服を着た男だった。自己紹介を読めば、五十歳の会社員らしく、庭にできたスズメバチを自力で駆除しようと思い立った旨《むね》が書かれている。

自治体から貸し出されたという防護服は、銀色の大型、雨合羽《あまがっぱ》といった見た目で、そのままロケットにでも乗れる貫禄《かんろく》すらあった。

自宅の庭と思《おぼ》しき場所に立っている。駐車場の裏手だ。朝方らしく、快晴の日差しが映像を明るくしていた。

つつじが茂っており、防護服の男はその前に立つ。カメラは三脚に置いているのか、固定されていた。男とつつじを横から捉えている構図だ。

では行ってきます、と言わんばかりに頭を下げた男に緊張が見える。右手には、スズメバチ退治用の市販スプレーがつかまれている。

さて、どう戦うのか。

まず男はスプレーを足元に置いた。かわりに植木の枝を切るための鋏《はさみ》を手に取る。非常に長く、高い場所の枝も切れるタイプのものだ。それを両手でつかみ、つつじと向き合う。少し腰が引けた姿勢で、鋏を前に出す。腕は震えていたが、鋏が動いた。枝がばさりと下に落ちた。直後、つつじの奥のほうから、ふわりと蜂らしき小さな虫が、浮かびあがった。

刺されるのではないか、と兜は思い、咄嗟《とっさ》に、まさに自分がその場にいる気持ちで体を捻《ひね》ってしまう。が、映像の中の男は慌てていなかった。鋏を左手で持ったまま、空いた右手で地面のスプレーを持ち、目の前に飛行してきた蜂に向けて、噴射した。蜂が落ちたのが分かる。

そこからは同じ動きが続く。

鋏で枝を切る。蜂が飛び出してくる。スプレーを持ち上げ、噴射する。蜂が落ちる。

兜にもだんだんとその男の作戦が分かりはじめた。

ようするに木の枝の奥に隠れている蜂の巣を露わにしたいのだ。アシナガバチの巣などとは異なり、スズメバチの巣は外壁で覆われた要塞となっており、外と繋がる穴は一ヶ所しかない。殺虫スプレーを吹きかけるにも、その、たった一つの穴を狙う必要があるのだ。

だからまずは、邪魔になる枝を切る必要がある。枝が落ちる震動がするたび、巣からは偵察蜂が出てくる。が、すぐさま一直線に、スプレー使用者に向かい飛びかかってくることはない。蜂も無益な戦闘は避けたいのだろう、まずは情報収集のために、ふわりと浮かぶ。

そのタイミングで、スプレーをかける。地道に少しずつ枝を切り、巣を見やすくしていくのだ。

ある程度、枝が落ちた頃、防護服の男に決意の時が訪れた。鋏を置くと、殺虫スプレーをしっかり持ち、巣の穴の位置を確認してから、さっと体を動かした。

ひたすら男は、穴にスプレー液を吹きかけた。しゅうしゅうと音が激しく続く。

兜は、プロの業者相手に、首を絞め上げる時のことを思い出す。

動画の最後、男は蜂の巣自体を鋏で切り落とした。巣の中はすでに、殺虫液で全滅となっているのだろう。怯《おび》えながらも巣を持ち上げ、カメラに向かって、勝利の興奮の滲《にじ》むガッツポーズを取っていた。

止まった映像を眺めながら、兜はぼそりと内心に呟いている。「これなら」と思った。

これなら、俺にもできるんじゃないか？

◇

起きたのは朝の四時過ぎだったが、眠くはなかった。むしろ、緊張により自然と目が覚めたほどだった。スズメバチの巣を退治するには、彼らが活動をはじめる前の時間帯、早朝が良いのだとネットの情報にあった。事実かどうかは分からぬが、信じるほかない。

起きた兜はまず顔を洗い、寝癖を直した。部屋のクローゼットを開けると、着替えをはじめる。

防護服はないのだから、服を工夫しなければならない。

スウェットに足を通した。その上からジーンズを穿《は》く。かなり窮屈ではあるが致し方がない。机の上にあったシャープペンシルの先を、ジーンズの上から突いてみる。痛い。スズメバチの針はこれより強いのか？　まったく分からない。が、不安はあるため、クローゼットの奥から白色のスキーウェアを引っ張り出し、穿いた。下半身はこんなものだろうか、これ以上はどうにもならない。

上半身に移る。まず、トレーナーを着る。首を隠すために、冬服を入れたケースからタートルネックのニットセーターを引っ張り出し、被る。上にジージャンを羽織った。さらには、ダウンジャケットに袖を通す。

真っ直ぐに立つが、あまりに多くの服を重ねているため、自分が雪だるまになったかのような感覚になる。バランスを崩せば転がっていきそうだ。

足元は靴下を二枚重ねにする。体を折り曲げるのが困難であったが、どうにか膝を折り、手を伸ばし、履いた。両手にはスキーのグローブを嵌《は》めることにする。これは庭に出てからでいいだろう。

「あとは」と兜は部屋を見回した後で、隅に置いてあるフルフェイスのヘルメットをつかんだ。頭に関してはこれで守れる。試しに、と被り、透明のシールドを上げる。息苦しいが、仕方がない。それを言うのなら、まだ着替えてさほど時間が経っていないにもかかわらず、すでに暑いことのほうが問題だ。ここ数日、日中の気温は三十度をゆうゆうと超え、テレビでも熱射病予防を訴えている。早朝であるから大丈夫だろうとは思うものの、不安はある。

はじめて依頼をこなし、人を殺害した時のような緊張があった。

首が危険だと気づいたのは、部屋から出ようとした時だ。ヘルメットを被ったものの、頭を動かすたびに首が露わになる。タートルネックのニットをまとってはいても蜂の針が突き刺す可能性はある。

「首はまずい」と声を出してしまう。

日頃、兜が標的を殺害する際に、首を絞めることが多いからかもしれない。首筋を通る血管については、それなりに知識も持っていた。蜂の毒の強さは分からぬが、血管を通じて全身に回ることを考えれば、首はリスクが高い。

マフラーか？　探すが出てこない。それから思い出した。そのマフラーは、冬に、標的の首を圧迫するために使い、処分したのだ。

あまり暢気《のんき》に、悩んでいる時間はなかった。こうしている間も時間は過ぎる。蜂たちもそろそろ目覚め、活動をはじめるのではないか。

よし、と兜は机の引き出しから、ガムテープを取り出すと、ヘルメットとダウンジャケットとの隙間に貼った。何枚も切り、もちろん尋常ではない厚着のため、器用に身体は動かせないのだが、見た目にこだわる必要はなく、べたべたと乱暴に貼った。

廊下に出る。

階段を降りる前に、息子の部屋に足を踏み入れたのは、ドアが開いていたからだ。中を覗くと、ベッドで眠る克己が目に入った。机には試験問題集が開かれたままだ。深夜まで勉強に励んでいたのかもしれない。

兜は自分が怪しげな宇宙服めいた恰好《かっこう》であることも忘れ、室内に入っていた。足を踏み入れるのはいつ以来だろうか。

口を小さく開き、瞼《まぶた》を閉じた寝顔を見下ろした瞬間、幼児の頃の克己と重なる。あっという間にこんなに大きくなったものだ、と感傷に浸る。妻が言うには、進学する大学によっては一人暮らしをする可能性もあるらしく、だとすれば、息子がこの家にいるのも大事な瞬間かもしれない。

兜は自分がこれから蜂のコロニーと対決しにいくことを考え、緊張を覚える。

寝息を立てる息子の横に立ち、そっと顔を寄せ、ヘルメットで覆われた顔ではあるが、「いい大人になれよ」と声をかけた。

ネットの情報によれば、蜂の毒性は、一般に言われるほど高くないらしく、仮に針で刺されたとしても、アレルギーのショック反応が出るのは二度目からであるから、そこまで怯える必要はなかったのかもしれないが、知識では理解できても感情は変えられない。兜は真剣な面持ちで、「お母さんを頼んだぞ」とも息子に言った。

◇

恐怖との闘い、時間との闘いだった。

庭の金木犀の前に立ち、何もしないままで、すでに二十分は経っていた。つい先ほど、夜の暗闇の中にようやく少し顔を出した、と思えた太陽が、今やかなり高いところにある。兜の滑稽な重ね着を目立たせるために、スポットライトを当ててくるかのようだ。

この今の恰好を誰かに見られたら堪《たま》らないな、と思わずにいられない。ダウンジャケットの色は白かったため、上下ともに白一色の奇怪な男にも見える。

まっすぐに立ち、枝切り鋏を持ちながら、樹と対峙する。スキー用のグローブは結局つけるのはやめた。グローブ有りでは、スプレーをつかむ際にうまくいかないことが分かったのだ。スプレーを落としたらまずい。

軍手で代用した。

一度、枝を切ったらもはや後戻りはできないだろう。まさにその点は、いつもの仕事と同じだ。標的に向かい、足を踏み出した瞬間、引き返す選択肢は消える。あとは、相手を殺害し、引き上げるほかない。

そうこうするうちにも時間は過ぎる。全身に汗が滲みはじめる。すでにヘルメットの内部は息苦しく、何度かシールドを上げ、外の空気を吸った。

やがて、兜は覚悟を決める。これ以上、時間が経つと、すぐ隣の平屋《ひらや》から窯田《かまた》さんが出てくる恐れがあった。今年で喜寿を過ぎた彼女は朝は五時に目覚め、外に出てきて、庭木を眺めるのが日課であるのだ。兜は今さらながらにそのことを思い出した。窯田さんに見られる前に、作業を終わらせ、この服を脱ぎ去りたい。

一歩踏み出し、鋏を前に出す。へっぴり腰になっているのは自分でも分かる。背筋がなかなか伸びない。

枝を切る。

が、怯えのためにほんの先を切っただけで、地面に枝が落ちたものの、木の姿にほとんど変化はない。

蜂も出てこない。

もう一度、次は腕を伸ばし、体を背けながらも鋏を奥に入れ、力を込めた。じょぎり、と切断の感触があると同時に、枝が下に落ちた。

状況を見るより先に、兜は鋏を左手で持ち、足元のスプレーをつかむ。重ね着のしすぎで、腕が動きにくい。震える手をすぐに前に向けると、ノズルを前にして噴射のボタンを押した。

音とともに殺虫剤が噴き出す。

蜂が一匹、地面に落ちた。

もう戻れぬ。兜はそこからはなるべく頭の中を空《から》にする。ひたすら、作業を続けるほかないのだ。

鋏で枝を切る。スプレーを取る。噴射する。

鋏を動かす。蜂を確認する。スプレーを取り、頭頂部のボタンを押す。スプレーを置き、鋏で枝を切る。

蜂たちは震動が起きるたびに、すかさず巣穴から飛び出してくる。スプレーで攻撃する。地面に落ちる蜂が増えていく。

慣れてくると、恐怖は少しずつ減った。

が、時折、油断した隙を突くかのように、スプレーを避け、蜂が上空に消えることがある。その逃げた蜂が次にどこに移動し、どう旋回し、どこから接近してくるのかは分からない。そもそも視界が狭い上に、フルフェイスのシールドのために、はっきりとは景色が見えなかった。

妙な風の気配を感じたと思えば、蜂だ！　と怯え、それはただの錯覚であるのだが、慌ただしく体を捻り、のけぞり、スプレーを振り回し、また、別の音が聞こえると、体を反《そ》らした。

みっともないことこの上なかった。

一匹、完全に見失った際には、背後が怖いがあまり、家の壁にまで撤退し、背を壁に張りつけるようにし、ヘルメットのシールドを上げ、ぜいぜいと呼吸をした。

一人で、壁伝いに脱走するパントマイムでもやっているかのようだ。

息苦しさと暑さが増す上に、恐怖と緊張が加わるのだから、疲労も激しかった。気を抜くと、意識が朦朧《もうろう》としてくる。

「これは」と内心に呟く。「毒より前に、暑さで倒れるぞ」

見逃していた蜂を見つけ、スプレーをする。

落下していくのを確認し、倒した、という安堵とともに、罪の意識に襲われる。

蜂は、悪いことをしたわけではないのだ。

自然の作法に従い、巣を作り、コロニーを営んできただけだ。スズメバチはさほど好戦的ではない。その情報も思い出す。

「ただ、俺も」兜は言いたくなる。「家族を守らなくてはいけないのだ」

枝を切り、スプレーを使う。

蜂は次々と出現してくる。兜の存在は、すでにコロニー全体に知れ渡っているはずだ。

とにかく心を無にし、死闘を乗り切るほかない。兜は意志を固め、機械的に身体を動かす。呼吸が苦しく、汗が次々と滲んでくるが、こうなれば我慢比べだ、と自分に言い聞かせる。はたして、スズメバチのほうが我慢をしているのかどうかは定かではないのだが、兜はそれを考える冷静さも失っていた。

最初の枝を切ってから二十分ほど経過しただろうか、はっと気づけば、金木犀はかなりすっきりとした外見となり、目の前には巨大な果実とも言うべき、蜂の巣が露わになっていた。

ついに出現したか。

幸いなことに、巣穴はこちらを向いていた。これで奥側に穴があったなら、万事休すだった。

兜は自分の気持ちが昂《たか》ぶっているうちに、と思い、枝切り鋏を地面に置くと、すぐにスプレーを持った。

これが最後の攻撃だ。少しずつ飛び出してくる蜂に噴射液をかけながら、気持ちを整える。

よし。兜は心の中で、スタートの号令をかける。穴にノズルを差し入れると、あとは一気に噴射ボタンを押した。力の限りに、缶の中を絞り出す気持ちだった。白い煙があたりに広がる。

罪悪感が、兜の体を満たす。

動画で見た、カマキリと戦うスズメバチの映像が頭を過る。彼らも必死なのだ。ただ、コロニーを存続させ、仲間を存続させたいだけなのだ。この木に巣を作ったのが不運だったとはいえ、この木に巣を作ってはならない、と兜たちがアピールしていたわけでもなかった。

すまない。と蜂に対し謝罪し、今まで人の命を奪った時には一度も見せたことのない反応を示していた。つまり、涙ぐんでいた。そのことに自分でも驚き、目尻を拭《ぬぐ》う。

スプレーが空になっていても、しばらくはボタンを押し続けた。無我夢中だったかららだ。やがて、意識を取り戻したかのようにはっとし、ヘルメットのシールドを上げる。一歩、二歩と退《しりぞ》く。樹の周辺に、蜂の姿はない。

勝ったのか。呆然《ぼうぜん》としながら、肩から力を抜いた。

◇

足元に、蜂の死骸が大量に転がっていた。呼吸を整え、目をやると、殺虫液で落下したと思しきスズメバチが散乱し、黄色と黒の模様も薬と土にまみれている。申し訳ない、とまた思う。「兵《つわもの》どもが夢のあと」その言葉が頭に浮かぶ。

それから再び、鍬を両手で持つとゆっくりと前に足を踏み出す。

鍬を、蜂の巣の頭頂部に近づける。地面はぬかるんでいた。

手に力を込める。土が削れるような音とともに、巣が落下した。地面と衝突するともに、割れる。スプレーの液がふんだんにかかっていたため、かなり柔らかくなっていたからだろう、果物のように、潰れた。白いものが見え、目を凝らす。幼虫であると分かり、兜は寒気を覚えた。それからすぐに、若い命を奪ったことに対する罪悪感に襲われる。

ほかにやり方はなかったのか。

いや、これしかなかったのだ。

しゃがみ、地面を掘り、土を巣の上にかける。せめて、幼虫たちの死骸は埋めてやりたいと思った。

即席の墓を作り終えた兜は、大きく息を吐く。立ち上がり、腕を持ち上げ、伸びをした。重ね着の窮屈さは相変わらずで、身体もあちこちが痛い。服の中はサウナのようになっていた。早く家に戻ろうと踵《きびす》を返し、玄関に向かう。歩きながら、ヘルメットを脱ごうとする。首元のガムテープがなかなか剝《は》がれない。

時間は分からぬが、まだ隣の窯田さんが出てこないところを見ると、五時前なのかもしれない。

人影が目に入ったのは、その時だ。玄関の先、門柱の近くにさっと姿を隠す男がいた。

兜はとっさに、不審者だと判断していた。早朝に出歩いているからではない。兜の姿を見て、反応したからだ。同業者の動きだ。

兜は意識するより先に、庭を駆け、家の門の外に勢いよく飛び出した。前には、ほっそりとした長身の男が立っている。逃げそこなったのか、それとも、ばれたならば仕方がない、と開き直ったのか、そうでなければ、もともと兜に気づかれることは承知だったのか、理由は分からない。

男は、兜を見つめ、立っている。長袖の黒のＴシャツにブーツカットのジーンズを穿いている。年齢は不詳だが、ぱっと見は、モデルの仕事でもやるかのような優男《やさおとこ》だった。両手はジーンズの後ろポケットに入れているのだから、無防備この上ない。

にもかかわらず兜は、それが同業者だと感じた。体から、警戒心の糸が張り巡らされているのが分かる。尻ポケットの手もおそらく、武器をつかみ、いつでも、飛び出させる準備はできているはずだ。

「狙いに来たのか」兜は、男に訊ねる。仲介者である医師から得ていた情報を思い出す。業者スズメバチが命を狙っている、と医師は言った。

「この時間帯であれば、全員、眠っていると思ったのか?」

この男が、スズメバチなのか。一度、そう思うと、それこそが真実だとしか考えられなくなるのが兜の性格だ。

以前、高層ビルで仕事をした際、このような男がエレベーターにいた。ような気がする。あの時も、スズメバチがいた、と後で噂を聞いた。なるほどこれはもう、この男はスズメバチなのだ。そうとしか思えない。

男は何も言わず、兜を睨んでいる。

いつ攻撃を仕掛けてくるのか。兜は体を強張《こわば》らせる。が、一方で、先ほどの蜂退治での疲れが出てきた。一般の人間相手であればまだしも、ここでまともに同業者との格闘がはじまったら、おそらく勝ち目はない。兜は鼓動が高くなるのを抑える。どうすればいいのかと頭を悩ませる。

少なくとも相手の手が飛び出した瞬間には、対応できるように、とその注意だけは緩めないようにした。とはいえ体は重く、視界は曇っている。

相手の男がなかなか攻撃を仕掛けてこない。こちらを見る顔つきに強張りが浮かんでいる。

俺を恐れているのか？　だとすれば、依頼を受けた同業者としては失格だ。標的を前にして怯んでどうするのだ。

そこでようやく、自分の恰好が蜂退治の服装のままであることを思い出した。ヘルメットをガムテープで固定し、重ね着に重ね着をした上下の恰好は、膨張した謎の怪人と見えなくもない。

だから男は警戒しているのか？

さすがに、この恰好の男が前に出てきたら、動揺し、困惑するのではないか。

兜は試しに一歩足を踏み出す。

男は下がった。

「おまえの武器は毒の針だろ？　だけど、無駄だぞ」ヘルメットのシールドを上げ、兜は言う。「この恰好を見ろ。刺さるわけがない」

男は、兜を上から下まで眺めてきた。

「おまえが来ることは、分かっていたからな」兜は大きく息を吸い込み、こちらの興奮を悟られぬように気を付け、言った。「俺は準備をして、待っていた」

もちろん、口から出まかせだ。これはただ、虫のほうのスズメバチを退治したかっただけだ。

ジーンズにポケットを入れた男は、無言のままだった。兜をじっと見つめる。俺が蜂の巣を前にした時と同じ顔だ、と思う。未知なる生き物に恐ろしさを感じているのだ。

「今日のところは帰れ」

兜はまさにその言葉で、相手を刺すかのような気持ちで、言い放つ。

男が後ずさりをし、立ち去った。

見送りながら兜は、深呼吸をする。ただ、ほっとしたのも束《つか》の間《ま》、隣の平屋の玄関が開く音がしたため、慌てた。隣の窯田さんが現われるのかもしれない。姿を隠さなくては、と焦り、門を越え、玄関へ向かった。

そこでつまずいた。靴紐《ひも》がほどけており、それを自ら踏んでしまったのかもしれない。

つんのめり、バランスを崩し、庭の地面に滑り込むような恰好になる。足を踏ん張ることができず、前傾姿勢のまましばらく、進むほかなかった。そして、最後には踏ん張りが利かなくなり、その場でひっくり返った。

全身の力が一気に抜ける。

疲れと暑さでもはや動くこともできない。仰向《あおむ》けの大の字になり、すでにずいぶん明るくなった早朝の空を見上げ、兜はそこで休憩を取る。眠気すら襲ってくる。汗が気持ち悪いが、このまま少し休んでも罰は当たらないのではないか、と思った。

◇

マンションのドアに鍵をかけた女は、息子の手を引き、五階の通路を歩いていく。実家に帰省するため、早朝の出発となったが、空にはすでに太陽が張りつき、今日も東京が暑くなるのは決定的に思えた。

「お婆ちゃんのところは涼しいかなあ」五歳の息子が外を見ながら、言った。いつもであればまだ熟睡中の時間だが、祖母に会うのが楽しみなのか目覚めが良かった。

「青森はこっちよりは涼しいと思うよ」と彼女は言い、息子に問われるがままに、実家へ向かうための電車の乗り換えについて語った。

エレベーターが一階から上昇してくるのを待つ。手を握ってくる息子を見下ろす。小柄で幼いながらもしっかりと立つ姿に、頼もしさを覚える。昨日の、自分の口から飛び出した心ない台詞を思い出し、胸が痛くなった。

そして、何とはなしに、外に目をやったところで、気づいた。

五階から見下ろすと、近隣の住宅を上から眺めることになるのだが、一戸建ての庭に人影が見えたのだ。はっきりとは確認できないが、気になり、バッグからデジタルカメラを取り出すとそれを構えた。ズーム機能を使えば、よりよく見えるのではないか、と思った。

大の字に寝転ぶ人が、見えた。

庭で、空を仰ぐように倒れている。

人形にしては大きいが、普通の人間には見えない。置物だろうか。

「どうしたの」と息子が言う。エレベーターが到着し、ドアが開いたが、彼女はそれには構わなかった。

「変な人が寝ているの」

「変な人？」

息子にカメラを持たせ、抱き上げる。壁から落ちないようにと気を付けながら、先ほどの一戸建てのある場所を伝える。

息子はしばらく、「どこ？」と頭を振っていたがやがて、「あ」と声を上げた。「本当だ」

「でしょ。人形かな」

「少し動いたよ。何か、宇宙服みたいだね」

「ああ」彼女も気づき、息子を下ろすともう一度、カメラを覗いた。バイクのヘルメットを被っているようだが、宇宙服を纏《まと》っている姿と見えなくもない。

もう一回見たい、と訴える息子を抱えた後で彼女は少し考えた末に、息を吸い込むと、「もしかするとあの人、お星になったミケを連れ戻そうと、宇宙に行ったのかな」と口に出した。

息子が笑う。「そうかもねえ」とどこまで本気なのか口元を緩める。「あの人、宇宙から落ちてきちゃったのかなあ」

「やっぱり危ないから、ミケは連れて来ないほうがいいね」彼女は続ける。「お星のままで」

前日に母親である自分が発した、冷たい言葉を忘れたわけではないのだろうが、息子は何事もなかったように笑ってくれ、彼女は、寛大な子供の心に感謝する。十年一緒にいた猫が亡くなったことを考えると涙が溢《あふ》れるのを止められないが、だからといって、母親としての自分を忘れていいわけがなかった。昨日の自分の態度は最低だった。

昨日はごめんね、と彼女は言いたかったが、恥ずかしかったのか、それとも自尊心が邪魔をしたのか口にできず、かわりに、「ミケに会ったのかな、あの人」と話しかけた。

「昨日は本当にごめんね」ようやく言った彼女は、数十分後、庭で寝転んでいた男が、起きてきた妻に、「あなた何て恰好をしているの?」と叱られ、「まさか自分で勝手に蜂退治をしたわけじゃないわよね」と問い質《ただ》されるとは、当然、知らない。

これは、「腕はいいけれど妻に頭が上がらない殺し屋」兜シリーズの二作目です。ちなみに、一作目が「ＡＸ」（「野性時代」掲載）で、三作目は「Ｃｒａｙｏｎ」（「野性時代」掲載）となります。

殺し屋の話でありながらも微笑ましい話になるように、いろいろ考えた結果、蜂の話になってしまいました。ちなみに、ここで描かれるスズメバチとの死闘は、僕の行く理容室の理容師さんの体験談がもとになっています。

今（2014年の1月）はもっぱら、書き下ろし長編を書いています。「魔女狩り」的な社会となった日本と、そこに現われる正義の味方の話、のつもりなのですが果たしてどういうものになるのか、できあがってみないと分からないのが正直なところです。

伊坂幸太郎

中山七里
『二百十日の風』

中山七里（なかやま・しちり）

1961年、岐阜県生まれ。現在会社員。第8回『このミステリーがすごい!』大賞で大賞を受賞、2010年に『さよならドビュッシー』にてデビュー。他の著書に『おやすみラフマニノフ』『さよならドビュッシー　前奏曲』（以上、宝島社文庫）、『贖罪の奏鳴曲』（講談社文庫）、『追憶の夜想曲』（講談社）などがある。

1　九月二日

「あんた、それでも地元の人間？　恥を知りなさいよ、恥を！」

城崎夏美《しろさきなつみ》が机を叩《たた》いて声を荒らげると、周りにいたあまり人相の良くない従業員たちが一歩前に出た。

「馬鹿を言うな。地元の人間だから村おこしを兼ねてやってんだ」

久部圭市《くべけいいち》は夏美を見上げたまま傲然《ごうぜん》と胸を張る。本人は厳《いか》めしく振る舞っているつもりだろうが、子供の頃から久部を知っている夏美には滑稽にしか映らない。

「考えてもみろ。大した地場産業もない限界集落なんだ。他が嫌がるような施設持ってくる以外に雇用を生む手はねえべ」

「だからって産廃処理施設を誘致するなんて！　そんなことしたらこの村の自然にどんな影響があるか」

「ほう、どんな影響だ」

「久部建設が出した建築計画のままだと酸素の供給が不十分だから廃棄物は液化して有機酸やアルコールに、その分解が進めばメタンや炭酸ガスに変わる。廃棄物の中に石膏《せっこう》ボードが入っていれば硫化水素も発生する。焼却灰には大量のダイオキシンが含まれているはずだけど、あんたたちはその焼却灰をどうするつもり？　地下水だって問題よ。処理場から排水される水も汚染されていて」

「はいはい、さすがに昔からのお利口夏美ちゃんだね」

久部は子供時代の呼び名で茶化《ちゃか》すように拍手する。

「否定はしないよ。全部夏美先生の言った通りさ」

「ほんだら！」

「自然が破壊される。破壊された自然を元に戻すには莫大《ばくだい》な費用と気の遠くなるような時間が必要……だどもさあ、荘川《しょうかわ》村の自然が汚染されたと仮定してさ、それで困る人間って何人いるのさ。荘川村の人口ってたかが千二百人しかいねえんだぞ」

久部は片手をひらひら振りながら鼻で笑う。

「自然つったって三保《みほ》の松原みたいな客を呼べる観光資源じゃない。雑木林と野草の生い茂るみすぼらしい風景だ。こんな自然がなくなったところで誰も悲しくねえさ。ところが、ここに産廃処分場ができれば、百人単位の雇用が生まれる。工場の収益と住人の所得が上がれば村の財政も潤う。デメリットよりメリットの方が格段に大きい」

「環境省からは補助金も支給されるしね」

夏美はジャブを試みる。

「産廃処分場の社長はあんたの従兄弟《いとこ》でしょ。そうやって同族で甘い汁を吸うために、役場にどんな働きかけをしたんだべね」

そう切り出したものの、久部建設と処分場の建築を認可した役場との関係はまだ噂《うわさ》の域を出ない。精一杯のブラフをかませたつもりだったが、久部はこれにも冷笑で応えた。

「まあ、人の嫌がる仕事には同情も恩恵も集まってくるものさ。補助金くらいは当然だろ。この事業は世のため人のためになる」

「世のため人のためになるんだったら、どうしてこんなものが郵便受けに入ってたりするのよ」

夏美は懐《ふところ》から封筒を取り出すと久部の胸に叩きつけた。その勢いで封筒の中から数枚の札束が飛び出した。

「直接、辰蔵《たつぞう》さんに渡そうとしたけどあんたに止められたからな」

「こんなものであの丘を買おうとしたって、わたしがそうはさせないよ」

「あの土地の所有者は辰蔵さんであって、お前さんじゃない」

久部は床に散乱した札を拾い集めながら言った。

「ついでに、処分場の誘致に反対しているのはごく限られた住人たちだけで、村の総意じゃない。住人の大部分はこの提案に諸手《もろて》を挙げて賛同してくれている。あんたの意見は村の存続と発展を妨げるエゴでしかねえ」

　夏美は言葉に詰まる。悔しいかな久部の言葉は真実で、反対派といえば聞こえはいいがその実態は夏美を中心とした二十人程度の集団だ。しかも、そのほとんどが村の将来を憂うよりは夏美の熱意にほだされた友人たちで占められている。エゴと指摘されても反駁《はんばく》する材料はあまりない。

「……そんなこと言われても、あの丘を売るつもりはないわ」

「それが地域住民の不利益になることでもか？　荘川村の未来を潰すことでもか？　それでも地元の人間か。恥を知れ、恥を」

　仕事柄こういう局面には幾度となく立ち会ったのだろう。さすがに久部の弁舌には澱《よど》みがなかった。思い起こせば、昔からこの男は人の揚げ足を取るのが上手《うま》かった。

「おカネのあることだけが幸せじゃないわ」

「それをケータイの圏外で、猫の額みたいな畑を耕してる年寄りたちに力説してみるんだな。あんたの言うことは都会モンの無邪気なエコロジストよりもタチが悪い。霞《かすみ》食ってる仙人じゃあるまいし、人間先立つものはカネだよ。あんたは小学校の教員やって生活が安定してるから、村の窮乏を実感できないだけだ。この村の年寄りの八割が生活保護を受けている。六十歳までの失業率は三十パーセントだ。そういう現実を直視した上でものを言えよな」

夏美は開きかけた口を閉じる。

確かに自分の言うことは霞を食べるような理想論でしかない。個人的に思い入れのある土地を護《まも》りたいがために拵《こしら》えた砂上の楼閣だ。生活苦に直面していないいち公務員の理想など、商売人からすれば噴飯ものだろう。

これ以上、何を言っても嗤《わら》われるだけだ――そう思ったら、身体が自然に回れ右をしていた。

「またどーぞ。夏美ちゃん」

背中の声を振り切るようにして仮設事務所の外に出る。

その途端、山からの風がごうと吹きつけた。髪がざんばらになる。

目の前に広がる草原が風の方向へ一斉に棚引く。木々を揺らし、葉をなびかせて強い風がどうどうと耳元を掠《かす》める。

昨日、九月一日から風は急に勢いを強めた。九月一日――日付を思い出して合点がいった。昨日は二百十日だったのだ。立春から数えて二百十日目は天気が荒れやすくなるという。してみればこの強風は夏の終わりを告げるものか。

目に痛いほどの風に顔を洗われると、少しだけ気持ちが鎮《しず》まった。

久部の理屈は徹底した現実論だ。そしてカネのない人間にとって現実論は切実な本音だ。それに対して夏美の唱える理想論は絵に描いた餅だ。荘川村住人の賛同を得る

ために は、本音を引っ繰り返すだけの志《こころざし》が必要となる。

だが自分の力だけでそういう志を喚起できるだろうか。夏美は不安に襲われる。久部の指摘した通り、夏美は生活に困窮している訳ではない。農業だけでは立ち行かない住人と隔離された場所で何を叫んでも、世間知らずのごっこ遊びと揶揄《やゆ》されるのがおちだ。

さて、どうしたものか――つらつら考えながら農道を上っていく。この農道の先に件《くだん》の丘があり、更にその丘を抜けた場所に村役場を中心とした住宅地がある。役場と郵便局、そして信用金庫の出張所とコンビニが並んでいるだけで「荘川銀座」と称しているところが何とも侘《わび》しい。

それに比べてこの風景といったらどうだろう。どこまでも続く草のカーペットと急峻《きゅうしゅん》な変化。季節の折々に装いを変える木々たち。まるで意思を持つかのようにその時々で感触を違《たが》える風。久部はみすぼらしい風景と評したが、自然に豪華も簡素もない。あるのは人為を排した佇《たたず》まいだけだ。破壊するのに数秒、再生するのに何十年も費やさなければならない資源が財産でなくていったい何だというのだろう。

丘に向かう坂道で、向こう側からてくてくと歩いて来る小さな人影に出くわした。

「あれ、彩乃《あやの》ちゃん。今、帰り？」

「あ。夏美先生ぇ」

彩乃は夏美を見ると蕩《とろ》けそうな目をして笑った。去年一年担当した児童で人見知りの激しい女の子だったが、相性が良かったのか夏美に対しては不思議に無防備だった。

「下校時間、とっくに過ぎてるでしょ？」

「オルガンの練習してたら遅くなっちゃった」

「なるべく早く帰らねば。早く学校を出れば近道なんかしなくて済むんだから」

夏美はそうやって釘《くぎ》を刺すことを忘れなかった。ともすれば彩乃が選んだ道の先は、天候次第で土砂崩れが懸念される場所だったからだ。

「それよりねぇ、夏美先生」

「なあに」

「四時間目ね、理科の時間だったの。あの、新しい先生」

ああ、と夏美は頷《うなず》いてみせる。彩乃の言う新しい先生というのは、産休に入った教師の代わりに昨日から赴任してきた高田三郎《たかださぶろう》という青年のことだった。夏美自身は朝礼で一度顔を合わせただけだったが、その強烈な印象は今でも記憶に焼き付いている。

中肉中背だが丈《たけ》に合わない灰色のジャケットを着ていた。それだけでも十分に印象的なのだが、更に注意を引いたのが赤い髪の毛と丸い目だった。「高田、三郎です」と挨拶した時は少しつんけんした感じだったが、あの青年が彩乃にどんな印象を与えたのか急に興味が湧いた。

「高田先生、どうだった？」

「今日はねぇ、石の授業だったんだよ」

「石？」

「高田先生、色んな形や色の石を持って来てさ。この石には水晶が入ってるとか、ケ……ケイソが入ってるとか、そんな話ばっかりしてた」

　小学二年生に鉱物の授業は早過ぎはしないかと思ったが、彩乃は実に面白そうに語る。

「面白かった？」

「うーん、分かんない。分かんないけどぉ、一生懸命に話すからみんなも真剣に聞いてた」

　きっと初日だったので児童の反応を窺《うかが》ったのだろうと、夏美は判断した。それでも彩乃が、こんな風に他人のことを話すのを見たのは久しぶりだった。この人見知りの激しい女の子に親近感を覚えさせたのなら、産休教員としてはまずまずの人材といっていいだろう。

「先生もこれから帰るの？」

「ううん」と、夏美は悪戯《いたずら》っぽく答えた。

「先生ね、これから喧嘩《けんか》しに行くの」

すると彩乃は、ああまたかという顔をした。

自分が産廃処分場の誘致に反対していることは、折に触れて児童たちに説明している。教室に思想信条を持ち込むことに校長や教頭はもちろんいい顔をしないが、児童たちの将来に関わる問題を徒《いたずら》に隠し立てすることは却《かえ》って良くないと夏美は考えている。

子供は大人が思っているほど子供ではない。自分自身がそうだったからよく分かる。幼くはあっても、ものの道理や善悪を本能的に嗅ぎ分けているところがある。立派な思考を持った一個の人間だ。そういう人間たちを未熟な者として扱うことには抵抗があった。

「あんまりつんつんしてるとねー、お嫁さんの貰《もら》い手なくなるよー」

腰が砕けた。

「……それ、誰が言ったの」

「うちのお母さん」

「この程度で怖気《おじけ》づくようなお婿さんなんて要らないよっ」

そう啖呵《たんか》を切ると、彩乃はえへへえと笑った。

彩乃と別れてから更に上ると、ようやく丘に辿《たど》り着いた。

小高い丘陵地の上にある平地で、ちょうど円錐の先端を切り取ったような地形だ。

広さは小学校のグラウンドの倍はあるだろうか。平坦なだけの丘だが、アクセントになっているものが二つある。一つは北側に祀《まつ》られた慰霊碑。そしてもう一つが中央に聳《そび》えるナンブアカマツで、通常見かけるひょろ長いものと違い、これはずいぶんと幹が太い。

　子供の頃から見慣れた風景だが、今は目障《めざわ》りな夾雑物《きょうざつぶつ》もある。端《はし》に立てられた〈久部産業廃棄物処分場建設予定地〉の札だ。久部はこの土地のまだ三分の二を手中にしただけだが、半ば嫌がらせのようにこんな立札を立てている。

　いや、夾雑物はもう一つあった。

　丘陵の入口近くで何やら崖の斜面と格闘している男がいた。近づいてみると、一生懸命崖を削っているようだ。だぶだぶのジャケットと赤髪に見覚えがあった。

「高田先生……！」

「あ。どうも」

　高田はちらと夏美の方を振り向いたが、すぐにまた採掘に没頭する。

「あの……何をしてるんですか」

「石を掘り出しているんだよ」

　そんなことは見れば分かる。授業の一件といい、さては鉱物マニアかと見当をつけると、

「この地層の石は面白いな」と呟《つぶや》いた。

「え？」

「日本には珍しい石だ。きっとこの丘陵地全体が隆起した古い地層なんだろう」

夏美にではなく、斜面に向かって話している。どことなくつんけんした態度は初日と同じで取りつく島もない。およそ社交的とは言えず、教師としては及第点かも知れないが人としてどうかなと思う。素っ気ない口調も耳障りだったので、夏美は「それじゃあ」と残して、その場を立ち去った。

丘陵地を過ぎ、荘川銀座に出ると役場に直行した。人口千二百人の自治体には不似合いなほど豪奢《ごうしゃ》な庁舎をくぐる。

目指す窓口は二階にあった。その姿を見咎《みとが》めた職員が驚いて行く手を遮《さえぎ》ろうとするが、夏美は脇目も振らずに階段を駆け上がって行く。

建設環境課のコーナーに近づくと、奥に座っていた小野田《おのだ》課長が慌てて退散しようとしたが一足遅かった。

「小野田さんっ。どうしてあの丘にもう建設予定地の札が立ってるんですかっ」

小野田は悪戯を見つかった子供のような顔をしていたが、やがて諦めたように席に座る。

「城崎先生、あんまりわしを苛《いじ》めんでくれよ」

「苛められてるのはこっちです。まだ土地の全部が買収されてないのに建設予定地だなんて。大体、課長さんが処分場の建設許可を下ろしたんでしょ」

「元々、無指定の土地だしなあ。所有者移転の手続きと建築基準法の五十一条を満たしていたら許可しねえ訳にいかねえべ。辰蔵さんの土地が隣接してるども、現状は居宅もないから規制にも引っ掛かんねえ」

「あんな場所に処分場を作ったら一帯が汚染されるって、何度も説明したのに」

小野田はぽりぽりと頭を掻《か》きながら夏美の話を聞き流している。その仕草に自己嫌悪を覚えたが、言わない訳にはいかない。

「小学校教員として言わせてもらいますけど、事は土壌や地下水の汚染に留《とど》まりません。硫化水素やダイオキシンの発生は環境ホルモンにも多大な影響を与えます」

「ほんだら、子供らをあの丘に近づけさせなきゃいい。荘川村に限らず、どこにだって立入禁止区域はある」

「最初からそんなもの作る必要がどこにあるんですか。あの丘は手つかずの自然が沢山残っていて」

「自然を愛《め》でる気持ちは分かるけどな、愛でるだけじゃ腹は膨れん。村の財政状況はお前《めえ》さんだって知っとるだろう。年寄りばあっかの集落で細々とした林業と農業だけ、税収も枯渇する一方で頼みの若い労働者もおらん。今、この村を再生させるには何か新しい事業が必要だ。久部の二代目の言うことにゃあ一理も二理もある」

久部ではなく村の運営に携わる者の口からこの言葉を聞かされると、さすがに追撃の言葉が出なかった。限界集落の厳しさは夏美自身が幼い頃から味わってきた。二人の言っていることは悲しいくらいに正しく、無人島に一人で生きていくのならともかく、一つの集団が生活するのにヒト・モノ・カネは必須条件だ。この三つが欠けていくほど、日常は疎《うと》ましいものになる。田舎暮らしが望ましいなどという者は、その侘しさを物珍しく思っているだけだ。医者のいない不便さ、娯楽のない侘しさなど、それを日常としている者以外には到底理解できないだろう。

その実際を肌で感じているから小野田には共感の念も湧く。公共という大義名分を与えられると、人間は感傷や良心を切り捨てることができる。公務員という人種なら尚更《なおさら》だ。自分にも身に覚えがあるのでそう思う。

だが、同時に別の思いもある。いったい人間というのは、便利さや快適さを得るためにどれだけの犠牲を払ってきたのか。雑念を捨てて省《かえり》みれば、便利や快適よりもかけがえのないものは確実に存在するのに。

「それに……何度も人の命を呑《の》み込んだ場所でもあるんだ」

小野田は目を合わさずにそう言った。

その場所とは先刻、彩乃が歩いて行った農道を指す。丘陵地の地盤は堅牢だが、県道を挟んだ反対側の崖は地盤が脆《もろ》く、過去に集中豪雨に襲われた時には度々土砂崩れを引き起こしていた。

「城崎先生だって、あの風景がそのまんまってのは見ていて辛いだろう」

心の裡《うち》に土足で上がられたような気がした。

「それとこれとは関係ありません」

夏美は殊更《ことさら》に言葉を尖《とが》らせた。

「土砂崩れが多発するのは反対側の崖で、あの丘は何ともありません。問題のある危険地帯を放置して、何でもない方を開発するなんて理屈に合わない」

「それはしかし」

急に部屋の中がしん、と静まり返った。横目でちらと見れば、他の職員たちがそそくさと他のフロアに退避しようとしている。

「本当は言いたくなかったけれど言います。今回の建築許可が下りるの、ずいぶん早かったですよね。普通は申請して二ヶ月はかかるのに、処分場建設の申請許可は二週間もかからなかった。どうしてですか？」

「……申請書類に落ち度はなかった。県事務所への連絡も珍しいくらいにスムーズだった」

「久部建設に小野田さんのご長男がいますよね？」

　小野田は途端に口をへの字に曲げた。

「……村で企業と呼べる所は少ないからね。安定した給金を望めば、自《おの》ずと選ぶ就業先も限られてくる」

「じゃあ、もう一つ。土砂崩れのあった崖は一昨年に国から災害対策の名目で補助金が下りていたはずです。でも補強工事はおろかネットすら張ってない。だけれど一方、村民の誰も知らないうちに、老朽化していた役場の庁舎が見違えるくらいぴかぴかになっている。その施工を請け負ったのも久部建設だったんですよね。素人にだって、崖の補強工事と庁舎の新築ではどっちが利潤を生むかは分かります」

　小野田はいよいよ唇を固く閉じる。普段、気さくな笑顔を見慣れているだけに、頑《かたく》なな表情は胸にちくりと刺さった。

「そういう理屈は分かっても、わたしらの事情なんてあんたには分かんないべ。何たってお嬢ちゃんだからな」

「そんなもの、分かりたくもありません」

「だったら、話し合っても合意なんかできねえべ」

　小野田の口調からはここで会話を打ち切りたい気持ちがありありと窺えた。だが、そうは問屋が卸さない。

「そういえば、この間嫌な噂を聞きました。久部産廃処分場が福島の処理業者と取引している、放射能汚染されてどこにも引き取り手のない廃材を代わりに引き取るって話。そして、それを役場は黙認していると」

根は正直なのだろう。小野田は一瞬怯《おび》えるような顔になった。夏美の見慣れている、子供が謝りたくても謝れない時に見せる表情そっくりだった。

「そんな話は知らねえよ。大方デマだべ」

「わたしもそう願ってます」

「だが仮にデマでなかったとしても、あの被害は近隣の県が痛みを分かち合うという考えもあるんじゃねえべかね」

「善意で汚染廃材を引き取るならまだしも、相手の弱みにつけ込んでそんな商売をするとなれば話は別です。もしそれが真実なら、既に土地を売却した地主さんたちを含め、村民は黙っていないでしょう」

「……証拠はあるのかね」

そう突っ込まれると夏美の舌鋒《ぜっぽう》も鈍くなる。ニュースソースは久部の社員が呑み屋で洩らしたひと言が巡り巡って夏美の耳に届いたに過ぎない。

だが、いずれにしろ小野田の態度は硬化したままだった。

「もう用はないはずだべ。帰ってくれんかね」

確かに告げるべき言葉はもう何もなかった。久部に体よくあしらわれた怒りの矛先を小野田に向けたものの、似たような言説で返されただけだった。

いや。一つだけ言い残しておくことがあった。

「どんなに久部さんと共同戦線張っても、お爺《じい》ちゃんにあの土地は売らせません。あの丘にあれが建っている限りは」

小野田がついと顔を向けた。

「お爺ちゃんが自分の地所に慰霊碑を立てさせたのは、あの丘が思い出の場所だから……その思い出がある限り、お爺ちゃんは絶対に土地を渡しません」

2　九月三日

田舎に朴訥《ぼくとつ》な人間が多いというのは全くの幻想だと夏美は思う。いや、むしろ鬱屈した気持ちのはけ口がない分、心の裡に獣を飼っている者も多いのではないか。

その獣は夏美の中にも棲《す》んでいる。久部や小野田に食ってかかったところで獣が鎮まることはなく、却って獰猛《どうもう》さを蓄積している。お蔭《かげ》で授業にも身が入らず、児童のちょっとした受け答えにもいらつくことがあった。

このままでは自分で自分を蝕《むしば》むだけだ——そう考えた夏美は終業チャイムが鳴るや否や、残業も放り投げて丘に急いだ。

外に出ると一陣の風が頬を叩いた。空は晴れ渡っているが、雲が猛烈な勢いで流されていく。一昨日からの強風はいささかも緩んでいない。風に煽《あお》られて青草が一斉にざわざわとうねり、騒ぎ立てる。その様はまるで荒れる海のようだが、見ているうちに不思議と心は安寧《あんねい》を取り戻していく。山で育った者は大海原を見ると不安に襲われ、海で育った者は立ちはだかる山脈《やまなみ》に圧迫感を覚えるという。四方を山に囲まれて安堵《あんど》している自分はつくづく山の民なのだと思う。

風や草木がいくら騒ぎ立てても、丘への道はどこがどう凹《くぼ》んでいてどう曲がっているのか足の裏がすっかり記憶している。夏美は自分の庭を巡るように丘陵を上っていく。

頂《いただき》に辿《たど》り着くと見慣れたナンブアカマツと慰霊碑、そして見慣れぬ人影があった。だぶついたジャケットだけでもう分かる。高田がアカマツの木陰にうずくまり、何やら熱心に地面を掘り返している。自分の聖地に侵入された怒りと好奇心が綯《な》い交ぜになって、言葉は自然に出た。

「高田先生。何を探してるんですか」

「石を掘り出している。見たら分かるだろ」

相変わらずの口調だったが、今日は逆に興味が湧いた。

「昨日もそう言ってましたよね。何が珍しいんですか、その石って」

問いかけると、高田はやっと手を止めて夏美の方を見た。口調に反して、その真ん丸の目には見ていると吸い込まれそうな深さがあった。

「石にモリブデンが含有されている」

「モ、モリブ?」

「鉱物だよ。知らない? クロム族元素、原子番号42、元素記号Mo」

見た目は自分と同じく二十代半ば。タメ口はまだ許せるとして上から目線の物言いが癪《しゃく》に障ったが、振り向きざまの笑顔が存外に可愛いのは意外だった。

「日本の地殻では含有率がとても低いから話題にもならないんだけど……」

「大学では地質学の専攻を?」

「父親が鉱山技師だった。お蔭で子供の時から石博士だった」

高田は右手に地質調査用ハンマー、左手に石ころを持ってこちらにやって来た。そして「はい」と夏美に石ころを差し出した。

「はいって……?」

「この辺りの所有者は君のお爺さんだと聞いた。だったら、この石もお爺さんのものだから」

渡された石はハンマーで断面が露わになっている。モリブデンとやらが見えるのかと覗《のぞ》いてみたが、夏美の目には単なる石の断面でしかなかった。

「別に……要らないです。先生にあげます」

突っ返すと、高田は苦笑いした。

「貰いたい気持ちは山々だけど、残念ながら君自身は地権者じゃないからね」

そして踵《きびす》を返すと、石ころを元の場所に戻して丁寧に埋めた。

「何も元に戻さなくたって」

「この丘の姿形を変えたくないんだろ。産廃処分場の話は聞いたよ」

「聞いたって、誰から」

「他の先生たちはもちろん、児童たちもほぼ全員が知ってた」

「高田先生も児童に自分の思想信条を伝えることは悪いと考えてるんですか」

高田はぐるりと丘を見渡して「でも姿形を変えたくない気持ちは分かる」と言って大きく背伸びをした。

「空気が美味《おい》しいなあ」

「……そう思う?」

「クルマがひしめいている所、工場が建ち並んでいる所。そういう所の空気は苦くていがらっぽいんだ。ずっとここに住んでいると気づかないのかな」

「知ってるわよ。わたしだって六年この土地を離れていたから」

「へえ。じゃあ戻って来たんだ」

「土地に縛られるタイプなのかも。まるで猫だわ」

この土地を称賛してくれたせいなのだろうか、先刻までのとっつき難《にく》さはすっかり消えていた。高田はナンブアカマツに寄り添い、幹に掌《てのひら》を当てる。

「これもすごく立派なアカマツだね」

「わたしが保育園に入園した記念にお爺ちゃんが植えたの。普通のナンブアカマツはひょろ長いだけなんだけど、これだけ見事な枝ぶりは他にないって」

夏美も木陰の中に入る。入った途端に母親の懐に抱かれるような安心感が湧いた。

「ウチの地所だったから子供時分からの遊び場でね。他の場所で遊んだ記憶がないくらい。父さんの仕事が終わった後とか休みの日は大抵ここで過ごしたわ。春には土筆《つくし》採《と》り、夏には夕涼み、秋には松の実拾い、そして冬には凧《たこ》揚げ。子供の遊びは全部ここで覚えた。友達とかも気に入ってくれたし」

「ふうん。その頃は子供も多かったんだ」

「近所だけじゃなくって、ここに来た子供たちはみんな気に入ってくれたのよ。八歳の頃だったかな。見慣れない男の子がここに迷い込んでいたんだけど、すぐに仲良しになったもの」

きっと口に出したせいだろう。意識の底に眠っていた記憶が奔流となって溢《あふ》れ出した。

「草叢《くさむら》から飛び出した蛇に巻きつかれてね。もう泣くわ喚《わめ》くわで大騒ぎ。わたしはそんなもの慣れっこだったからひょいと取ってやるとね、次は僕が守ってやるからって。結局その子とはそれきりだったけど」

そんなエピソードは山のようにある。淡い恋心を相手に告げたのもこの場所だった。人にはそれぞれ原風景がある。夏美の場合、それは間違いなくこの丘だった。

「ところであれは？」

高田の指差す方向に慰霊碑があった。

「あそこに崖があるでしょ」と、夏美は対面に聳える山肌を指した。

「集落から荘川銀座までは県道が通っているんだけど、あの道が近道なものだから村の人はよくあそこを通るの。だけどあの崖が脆くて、大雨の降る度《たび》に崩れるの。今までに何人もの人が土砂に呑み込まれたわ。あの慰霊碑はその人たちを慰めるために建《こん》立《りゅう》されたもの」

「ああ、見ただけで分かる。あれは粘土質だから雨を含んだら自重ですぐに崩れる。どうしてネットを張るなりして防護策を施さない？」

「そのための予算は出ているんだけど、他にもっと有意義な使い道があるって、誰かが判断したから」

忘れかけていた口惜しさがまた甦《よみがえ》る。

「土砂崩れで命を落とす人は何年かに一人だけど、村の公共施設は大勢の住人が使うものだからっていう理屈」

「ふうん」

高田はさほど憤然とする様子も見せず、慰霊碑に向かう。高さ三メートル、横幅一メートル。碑の表面を覆う苔《こけ》の深さが建立の古さを物語る。高田の指が碑文の下に彫られた犠牲者たちの名前をなぞる。

その指が「城崎」の名前で止まる。

「わたしの両親も土砂に呑まれたの」

懐かしい想い出の中には背けたいものもある。だが、いったん流れ出した記憶の奔流は止めることができない。

夏美が小学五年の夏のことだった。来る日も来る日も雨が続き山間部の土壌が緩んでいたので、学校はこの道の利用を禁止した。だが遅刻しそうだった夏美はついこの道を使おうとした。それを、忘れ物を持って追いかけて来た母親が知った。慌てて父親と一緒に雨の中を駆け抜け、夏美の姿を見つけたのがちょうど崖の真下だった。

二人が夏美の名を呼んで駆けて来た。

その時、崖が崩落してきた。

夏美の頭上が翳《かげ》るのと、二人の腕が届くのがほぼ同時だった。

気がついた時には病院のベッドの上だった。二人が身を挺《てい》してくれたお蔭で夏美自身はかすり傷程度で済んだが、二人は土砂と落石の下敷きになり帰らぬ人となっていた。

決して風化する記憶ではない。慰霊碑を見る度、そしてこの丘に立つ度に甦るだろう。しかし、だからこそ夏美はこの地を変貌させたくなかった。丘の姿を一変させてしまうことは、子供の頃の記憶全てを封殺してしまうことのように思えたからだ。

この人はわたしがこの場所で両親を喪《な》くしたことを同情しているのだろうか――気になって高田の顔を窺った時だった。

「夏美さあん」

背後の声に振り返ると、反対派の青年が息せき切って走って来た。

「良かった！　絶対ここさいると思って」

「どうしたの」

「産廃処分場の建築が明日から始まります」

「えっ」

「今、役場で確認してきました。辰蔵さんの土地を買収しないまま、むりくり話を進めるつもりです」

青年の話を最後まで聞く余裕はなかった。

夏美は丘からの小道を一気に駆け下りた。

二日後、夏美は二十人の同志と共に丘の真下に集合していた。

見上げれば防塵《ぼうじん》用のフェンスが丘の平地をぐるりと取り囲んでいる。高さは建物二階分ほどもあろうか、周囲に丘より高い場所はないので中で何が行われているのか様子を窺うことは全くできない。

「城崎さんの土地がまだ残っているのに、なんして丘全体にフェンスを張り巡らせる必要があるんだべかね」

「知らないわよ。お爺ちゃんも寝耳に水だったんだから。昨日も怒鳴り込んだのよ。久部建設は丘全体に防塵対策をした方が丘の下に迷惑をかけなくて済むって言ってたけど、まるで理由になってない」

こういう権利関係の話も田舎ではなあなあで済んでしまうことがままある。関係者が近所の人間で占められるので、裁判沙汰にまで発展させることに躊躇《ちゅうちょ》があるのだ。

「ヤバいよ、それって。外から見えないのをいいことに、城崎さんの土地まで手を出すつもりじゃ……」

「そんな真似、絶対にさせない」

丘の下にいても建設機械の稼働する音が聞こえてくる。ががががが、というのは恐らく掘削機で地面を穿《うが》つ音だろう。ひどく耳障りで乱暴な音だ。そんな音がこの場所から聞こえるのはこの上なく不似合いに思える。フェンスの上から覗いている黄色いアームはクレーン車のものだが、これも周囲の風景から完全に浮いている。

山道を上がって丘に近づくと現場の入口に作業員が立っていた。元々、見張り役だったのか夏美たちの姿を見るなりさっと緊張した。慣れないヘルメットを被ったこの作業員も、顔見知りの青年であることを思うとさすがにやりきれない。名前は兵頭《ひょうどう》といって、土地を売り渡した地主の末っ子だった。確か求職中だったと聞く。つまり土地売却の話にはこういうオマケもついていたということだ。

業腹《ごうはら》にも「建設予定地」の立札は「建築計画のお知らせ」なる表示に変わっていた。

「そこ、退《ど》いてくれない」と、つい言葉が尖ってしまう。「地権者の家族であるわたしには立ち入る権利があると思うけれど」

「勘弁してけで、夏美さん」

兵頭は申し訳なさそうに言う。

「通すなって社長から厳命されてます。現場に一般の人を入れるのは危険なんですよ」

「そんなこと言って。こんなフェンスで目隠ししたまま、お爺ちゃんの土地までどうにかするつもりじゃないの」

「いや、いくら何でもそんな違法なことするなんて」

「だったら入れさせろよ」

反対派の一人が兵頭を押しやってフェンスの入口をこじ開ける。

「ちょ、ちょっと待って」

兵頭の制止の言葉も空しく、夏美たちは現場に足を踏み入れた。

反射的にナンブアカマツと慰霊碑の方を見やる——良かった。アカマツも慰霊碑もまだ手つかずのままだ。

ほっと胸を撫《な》で下ろしたのも束の間、反対側に視線を移して夏美は愕然《がくぜん》とした。

平地の七割以上が掘り返され、既に型枠にはコンクリートを流し込まれて基礎が出来上がっている。工事は昨日始まったばかりだというのに何という早業か。夏美にはまるでそれが埋葬用の穴に見える。その穴を取り囲むように、ブルドーザー、パワーショベル、削岩機、杭打機、コンクリートミキサー、そしてクレーン車などの建設機械がひしめいている。何の変哲もないただの機械がひどく禍々《まがまが》しいものに映る。一昨日までの優しい風景がまるで嘘《うそ》のようだ。

「困るなあ、夏美先生」

夏美たちの前に立ち塞がったのは久部だ。

「部外者が現場で怪我《けが》でもしたら施工主の責任になるんだから。早く出て行ってよ」

「わたしたちに目隠しして、いったい何をするつもりなの」

「断っておくけど城崎さんの地所には指一本も触れてないから」

「じゃあ、お爺ちゃんの土地だけフェンスを外せばいいじゃない」

「城崎さんの地所は不整形だから、そこだけ回避するとフェンスは入り組んだ形になって強度を保証できない。こういう風に全体を覆った方が安全なのは建設環境課の小野田さんも納得してくれた」

「また、あなたたちはそうやって」

「おーい、この先生たちを安全な場所に誘導して差し上げろ」

久部の命令で作業員たちがわらわらと集まって来る。多勢に無勢で夏美たちは抑込まれ、強引に現場の外に放り出された。

「地権者の身内としては土地の状態を監視する権利があるはずよ！」

「ほんだら作業の中断する昼休みにしてくれ。ああ、ヘルメットの着用は忘れないようにな」

再び閉ざされたドアを前に、夏美は改めて自分たちの非力さを思い知った。政治力も経済力も、そして実力行使ですら久部には歯が立たない。ここにいる同志たちは皆、志を同じくする者たちだが、志だけではフェンス一つ外すことさえできないのだ。

フェンスに手を触れてみる。一枚一枚を畳のようにびっしり敷き詰めた板はＦＲＰ

製で、薄くはあるが容易に穴を穿つことはできない。

「みんな、散らばって」

夏美は皆に言った。

「全員でこの丘を囲って。このフェンスに隠されている間、少しでも変な動きがあったら突入するから」

「夏美さん、何もそこまで警戒しなくても……」

「あの人たちの狙いは慰霊碑なのよ」

「えっ」

「慰霊碑は反対派の象徴になっている。お前《めえ》もお前の親たちもあれが丘に建っていることが処理場建設の抑止力になっているでしょ」

何人かが頷く。実際、反対派のメンバーの中には碑に縁者の名前を刻まれた者が多かった。また、それは祖父辰蔵についても同様だった。本来の相場であれば坪単価五百円にも満たない山林を数万円で買い取ってやるというのだ。働き手を失い将来に不安を持つ老人でなくとも心が動く。それを辛うじて押し留めているのは、偏《ひとえ》に慰霊碑の存在があるからにほかならなかった。

「ほんだども逆に言えば、あの慰霊碑さえ別の場所に撤去してしまえば、丘を護る大義名分がなくなってしまう。きっと彼の狙いはそれだわ。その撤去する現場を見られたくないから丘全体を目隠しした」

「ほんだら、あの慰霊碑をここから外に持ち出すと？」

「その際はどこか一部のフェンスを取り外すと思うの。だからそれを見張っていて」

居並ぶ者たちは了解の意を示して散開した。

それから二時間あまり、夏美たちは放射線状に現場を取り囲んで中の様子を窺っていた。もちろん隙間や覗き穴がある訳もないので耳を澄ませることしかできないが、劈《つんざ》くような掘削機やミキサーの回る音を長時間聞いていると平衡感覚が危うくなった。

だが作業中、どの箇所からも作業員の出入りは認められなかった。フェンスの中からは石ころ一つ持ち出されることはなかった。

そして正午近くになった時、フェンスのドアが開かれた。

待機していた夏美たちはわずかな異変も見逃すまいと、現場の中に飛び込んだ。

まさか。

夏美は自分の目を疑った。

わずかな異変どころではなかった。

慰霊碑が台座から姿を消していたのだ。

慌てて周囲を見回してみるが慰霊碑はどこにも見当たらない。消失に気づいた他の者も驚きを隠せないでいる。

「慰霊碑を探して！」

その声を合図に皆が四方に散らばった。建設機械の裏を覗く者、ブルーシートを剝《は》がす者、そして地面に這《は》いつくばる者。

しかし、慰霊碑はその欠片《かけら》さえ見つけることができなかった。

半ば呆気《あっけ》に取られている夏美たちに久部が近寄って来た。夏美は思わず久部の両腕を摑《つか》んで揺さぶった。

「慰霊碑は？　慰霊碑をいったいどこさやったの」

「慰霊碑？　ああ、実は俺たちもたまげてるんだ。何せさっき見たらものの見事に消えていたからな」

久部は事もなげにそう答えた。

「とぼけないで！」

「とぼけちゃいないさ。作業中は基礎部分に集中していたから誰一人慰霊碑のある方には注意を払ってなかった。本当にさっき気づいたばかりで、全員狐につままれたような気分なのさ」

「う、嘘言いなさい。あなたたちがどこさか隠したに決まってる」

「嘘なものか。第一、現場の周囲はあんたたちがずっと見張っていたはずだ。誰も何も持ち出してねえべ」

そう言われると言葉に詰まった。

「とにかく俺たちはこれから休憩に入る。その間に好きなだけ探せばいいさ。ああ、それでも素人が建機いじるような真似だけはすんなよ」

昼の端を持ち上げて久部は出て行った。後にはアームを伸ばした二台のクレーン車が夏美たちを睥睨《へいげい》するだけだった。

それから小一時間ほど現場の中を隈《くま》なく捜索したが、やはり慰霊碑の行方は杳《よう》として知れなかった。

3　九月八日

「正直に言いなさいよ。あんたたちが慰霊碑を撤去したんでしょ」

「いつまで同じことを言わせる。俺は知らねえ」

仮設事務所の机に足を乗せて、久部は煩《うるさ》そうに答える。

「あそこにはあなたたちしかいなかった」

「だが慰霊碑を持ち出した者はいない。それは夏美先生たちも見張っていたから知ってるだろう。手品師じゃあるまいし、あんな大きな代物《しろもの》がポケットに入るもんか。同時に現場の中に隠すことも不可能だ。昨日の昼一杯かけて捜索したけど何も出てこなかっただろ」

「……何かトリックを使ったに違いない」

「夏美ちゃん、俺は本なんてものには全く縁がないが、あんたは逆に読み過ぎだ。しかも犯人当ての碌《ろく》でもない小説ばかり読んでるんだべ」

久部はあからさまに鼻で笑う。その鼻面《はなづら》に正拳を叩き込んでやりたい衝動に駆られたが、夏美はじっと堪《こら》えた。分かっている。こんな風に相手を怒らせることが、この男の常套《じょうとう》手段なのだ。感情は理性を駆逐する。自分は特にその傾向がある。いったん怒りに火が点《つ》いたが最後、相手を懐柔や論破することなど絶対にできなくなる。

「その碌でもない小説ばかり読んでいる頭でね、わたしも二晩考えてみたの。その……トリックを」

ほう、と久部の唇が開く。

「さっき手品師の話したでしょ。上手な手品のコツって知ってる？　観客の視線を右手に集中させている間に左手でネタを仕込む」

「初歩だな。で、それがなどした」

「周囲三百六十度をフェンスで覆うと視界はゼロになる。中の様子を窺おうとすれば耳を澄ませるようになる。聞こえてくるのは建設作業の音だけ。それでも何かを聞き取ろうと意識は耳に集中する。でも、そうすると別の感覚、例えば視覚が疎《おろそ》かになる」

「それが右手と左手の喩《たと》えか」

「今、考えているトリックはあなたたちにしかできないことなの。そう、あなたたちはあの建設機械を利用した」

「……聞くべえか」

「現場の中から洩れる音に集中しようとしていたわたしたちはフェンスに耳を近づけていた。当然の仕草よね。すると視覚の外で起きたことにはなかなか気づかなくなる。たとえば頭の上とか」

夏美は人差し指を天上に向けたが、久部の視線は夏美の顔に釘づけになっている。

「確かにあの慰霊碑は大きくて重い。人が運ぼうとしたら十人でも足りないかも知れない。でも建築機械ならどうかしら。あのショベルカーやクレーン車を使えば簡単に移動できると思わない？」

久部が沈黙したので、夏美はここぞとばかりに畳み掛ける。

「現場には二台のクレーン車があった。あなたはそれを利用したのよ。まずショベルカーで慰霊碑を台座から除《の》けると、二台のクレーン車で高く吊《つ》り上げ、フェンスの外に放り投げた。慰霊碑はトン級の重量だけどあのクレーン車の耐荷重量って五トンまでいけるそうね。二台あれば楽勝よ。慰霊碑が放り投げられた先は恐らく農道の反対側にある林の中。あそこなら滅多に人が出入りしないから発見される可能性も少ない」

「あんな高い場所から放り投げたら結構な音がするんじゃないのか」

「だからわたしたちの感覚を作業音に集中させて気を逸《そ》らせたのよ。耳元であれだけ騒音を聞いていたら、林の中に慰霊碑が落ちても気づかない。それに慰霊碑を高く吊り上げても視界に入らない」

「もっともらしい推理を長々と聞かせて貰ったけど証拠はあるのか？　どんなに理路整然としていても証拠がねえばただの空想だ」

「証拠は慰霊碑そのものよ」

「何ぃ」

「あんな大きくて重いもの、ちょっとやそっとじゃ動かせない。鬱蒼とした林の中に放り投げたのなら建設機械も入れないから尚更。あの日からわたしの仲間たちが周辺を探索していて、あなたたちは簡単に近づけない。だから早晩、見つかるはず」

脅したつもりだったが、久部は逆にずいと身体を乗り出してきた。

「あの林は深くて広い。もし見つからなかったら、今ここで切った啖呵の後始末はどうするつもりだ」

えてるわ」

「あなたがどんな人なのかは昔から知ってる。だからわたしも当たり前に対抗策は考

もしも慰霊碑が発見できなければ、放射能に汚染された廃材を引き受ける件につい

て証拠を揃《そろ》える――それが夏美の考えるプランBだったが、もちろん口に出すような

ことはしない。

「全てを告白するなら今よ。ここであなたがしたことを告げてくれたら、少なくとも

公《おおやけ》にすることはしない。処分場建設から撤退することで矛先を収めてもいい」

最後通牒《つうちょう》のつもりだったが、久部はくっくと笑い出した。

「相変わらずだなあ、夏美ちゃん。その自信過剰も上から目線も昔のまんまだ。だが

悪いけど俺に白状しなきゃならない真実はない。引き下がる材料もない。工事はこの

まま続行するよ。聞けば、辰蔵さんも慰霊碑が消えちまったことでずいぶんと意気消

沈しているそうじゃないか。あの分ならそれこそ早晩、辰蔵さんが売買契約に判を押

してくれる日も近いべえな」

夏美は腹立ち紛れに机を叩くと、返事もせずに仮設事務所から退去した。

もう、辺りはすっかり暗くなっていた。今夜は月が欠けてから間がないので月光す

らない。夕方を過ぎて風も勢いを緩め、今はさやさやと葉を揺らす程度だ。

夏美は慰霊碑が放り投げられたと思われる林の中にいた。反対派の仲間たちに自分の推理を説明したところその中の一人が、クレーン車二台で慰霊碑を吊り上げ、振り子のようにして放り投げた場合の落下予想地点を弾き出してくれたのだ。仲間たちは探しあぐねて帰宅してしまったが、夏美は自分一人でも今晩中に探し当てるつもりで臨んでいた。どの道、久部たちが大っぴらに動けるはずもなくその点は夏美たちに有利だ。彼らが手をこまねいているうちに慰霊碑を発見できれば勝機は大きくこちらに傾く。

しばらく光と音の途絶えた闇を進む。

月のない夜、しかも鬱蒼とした林の中だ。闇の奥の更に深い闇——手にした懐中電灯の光が心許《こころもと》ないものに思えたちょうどその時だった。

ざわっと草が騒いだと思った刹那《せつな》、背後から掌で口を塞がれた。突然のことに身体が硬直した。誰、と問いかける前に地面に押し倒された。気配で分かる。一人ではない。少なくとも二人。いや、もっといるかも知れない。

「お前が悪いんだ」

何かに覆われたようなくぐもった声。それでも聞き覚えがある。顔に吹きかかる息がひどく生臭いが、この臭いにも記憶がある。最前、事務所で久部が身を乗り出した際に嗅いだものだった。

逃げなくては。

真っ白になりかけた思考の隅でその声だけが空《むな》しく響いた。必死になって拘束から逃れようとするが、相手の腕は抵抗を嘲笑うかのようにびくともしない。自分の非力さを思い知らされるのはこれで何度目だろう――そんな場違いなことを考えているうち、夏美の四肢は別の屈強な腕によって身動きすら取れなくなった。

一瞬、口の戒《いまし》めが解けた。だが大声を上げようとした寸前、口中に布の塊を挿入された。顎の内側を滑る感触でストッキングらしいことが分かる。それでも首を振って狂ったように抵抗を続けていると、いきなり右の頬に拳が飛んできた。

あまりの激痛に息が止まった。抵抗力はその一撃で完全に潰《つい》えた。

「騒いだら、もっと痛い目に遭《あ》わせる」

恐怖感と嫌悪感が同時にやってきた。わずかに残った思考部分で襲われた理由を考える。慰霊碑の捜索を邪魔するためか、それとも放射能汚染された廃材の件について口封じをするためか――。

野卑《やひ》な力がブラウスを引き裂く。その音だけでたちまちのうちに抵抗心も萎《な》えた。

生臭い息が鼻先にまで迫る。暗闇の中でも嗜虐《しぎゃく》と好色に歪《ゆが》んだ顔が見えるようだ。

頭上からは取り囲む男たちの忍び笑いまでが聞こえる。自分はこの男たちに代わる代わる凌辱《りょうじょく》されるのだろうか。

何故、こんな目に遭うのだろう。自分はただ自分の居場所を護ろうとしただけなのに。今、自分の上に圧《の》し掛かっているのはカネとか欲望とかの現実を実体化したものだ。現実にとって感傷や理想は邪魔者でしかない。対峙《たいじ》すれば食い潰す対象でしかない。

痛みなのか悔しさなのか、理由の分からない涙がぼろぼろ溢れる。

そして男が覆い被さってきた時だった。

俄《にわか》に林の中がざわめいたと思うと、突然ごうっと獣の咆哮《ほうこう》にも似た音が男たちの頭上を襲った。

うわあっと叫びながら二人の男が後方に転ぶ。その様はまるで巨大な団扇《うちわ》に煽がれたようだった。

「な、何だっ」

久部の声が明瞭に聞こえた。

だが、男たちの返答を待たずして異様な雰囲気が漂った。瞬間、風はぴたりと止《や》み、草木の囁《ささや》きが途絶える。鳥も虫も沈黙し、辺りは全くの無音となる。

不穏な静寂。

いったい何が起きようとしているのか。

どく。

どく。

どく。

夏美の耳には自分の心音だけが届く。

そして第二波がやってきた。

いきなり耳がきん、とした。新幹線に乗ってトンネルに突っ込んだ時の感覚──そうだ、気圧が変化している。

一瞬、空気の層が歪んだように見えた。

ざんっ、という音が聞こえた。何本もの枝を束ねて一刀両断にしたような音が夏美の真横を通って闇の奥に消えていく。少し遅れて、周囲の木々が高さ二メートルの位置で一斉に項垂《うなだ》れた。

折れたのではない。ものの見事に切断されていたのだ。

それは瞬《また》く間の出来事だった。腰を落とした男たちは訳も分からぬ様子できょろきょろと辺りを見回した後、懐中電灯で互いの姿を照らし出す。

そして同時にあっと叫んだ。

光の輪で浮かび上がった身体の上に疾風の痕跡が残っていた。一人は肩から袈裟《けさ》斬りの格好で、一人は腹を真一文字の格好で、そして久部は背中を縦に切られていた。幾重《いくえ》にも着込んでいるにも拘《かか》わらず、その切り口はナイフやカッターよりも鋭利で、中心からは地肌が覗いている。

見ているうちに変化が起きた。その地肌にすうっと赤い筋が入り、やがてじわりと拡大していく。

「切れとる」

抑揚のない声でそう呟くと、その男は指で我が身についた赤い筋をなぞってみた。指先は血で濡《ぬ》れていた。

「か、かまいたちじゃ……」

別の男の声が合図になった。

男たちはめいめいに叫びながら駆け出した。何人か躓《つまず》いて倒れる音が聞こえる。置いてけぼりを食った格好の久部も慌ててその後を追う。懐中電灯の光が闇の中で交差しながら遠ざかっていくのが見えた。

どうやら助かったらしい。夏美はのろのろと立ち上がり、衣服の乱れを直しながら自分の身体を点検する。意外にもかすり傷一つなかった。

周囲の様子を窺ってみる。

人の気配は全くしない。禍々しい物音もしない。ただ元の囁くような葉擦れの音がするだけだ。

あれはいったい何だったのだろうか――夏美は切断された木々に近づいてみた。月の光がなくとも闇に慣れた目が次第に周辺の状況を明瞭にしていく。

そして慄然《りつぜん》とした。

隙間なく立ち並ぶ木々は測ったかのように水平に切断されていた。アカマツの密生する中でそこだけがぽっかりと虚を広げている。まるで巨人の鉈《なた》で一気に薙《な》ぎ払われたように見えた。

思わず自分の両肩を抱いた夏美の耳元を、ひょうと軽やかな風が吹き抜けた。

4　九月九日

空は一夜でその装いを一変させた。

二百十日の暦通り、大型台風がこの地に接近しつつあった。台風の接近は秋雨前線を刺激して、朝から猛烈な雨をもたらしていた。簾《すだれ》のような、という表現ではとても足りない。それは槍《やり》のような雨だった。

終業後、夏美が駐在を連れて久部の許に訪れた時には傘さえへし折られそうな勢いだった。

「暴行未遂？　ふん、馬鹿馬鹿しい」

久部はそう見得を切った。

「何を証拠にそんな狂言を」

「あれは確かにあなたの声だった。あなたの吐く息だった！」

「声だとか息だとか、あんたは犬か？　そんなもんが証拠になるかよ。あんたの身体に俺の皮膚の一部なり体液が残っているってんでば話は別だがな」

久部は勝ち誇ったように言う。駐在は困惑気味に夏美を見るが、残念ながら夏美に立証する術《すべ》はない。懸命に抵抗したが相手を傷つけた記憶はない。

「第一、どうして俺があんたを襲わなきゃならない？　言っとくがそれほど女に不自由はしてないぞ」

「私の口封じをするためよ」

「口封じねえ。あんたに喋《しゃべ》られて困るような秘密にはとんと覚えがないんだが」

「あなたはクレーン車を使って慰霊碑を林の中に放り捨てた。それをわたしたちに発見されたくなかった。それからもう一つ、あなたは秘密裏に放射能漬けの廃材を引き受けるつもりだった。それを追及されたくなかったからわたしを」

「いい加減にしろおっ」

とうとう久部は怒り出した。しかし、夏美の目にはわざとらしくにしか映らない。

「さっきから聞いてりゃ全部想像と妄想だべ。証拠なんざ欠片もありゃしない。そうやって善良な人間を陥れて自分の我が儘《まま》を押し通すつもりか」

駐在の表情は困惑顔から迷惑顔に変わりつつあった。

「城崎先生、いくら暴行ちゅうても証拠も何もないんじゃ本官もおいそれとは……」

その時、不意に仮設事務所のドアを開けて一人の男が現われた。

「暴行の証拠はともかく、慰霊碑を隠し果《おお》せたのは論理的に久部さん以外考えられないな」

「た……高田先生？」

ジャケットをずぶ濡れにした高田が夏美と駐在の間に割って入った。

「城崎先生の同僚で高田といいます。今、城崎先生の言ったことは恐らく真実です。ただ事実はちょっと違う」

「ななな、何だよ、お前は」

「たった今名乗ったばかりなんだけどな。まあ、僕が何者かなんてどうでもいい。問題は慰霊碑をどうやって隠したかということで」

高田は顎から滴《したた》る水滴を拭《ぬぐ》いながら久部に近づく。

「この話の盲点はね、あんな大きな碑をどうやって移動させたかという問題に皆が引っ張り回されたことにある。最初から偽《にせ》の設問なんだから、城崎先生たちが林の中を必死に探したところで発見できる訳がない」

「偽の設問てどういうこと？」

「笑っちゃうくらいに単純な話さ。いいかい？　フェンスで覆われた中で慰霊碑が姿を消した。外部に運び出された形跡はなし。高さ三メートル横幅一メートルの巨大な石の塊を隠せるような場所はそうそうない。何箇所か地面を掘り返した者もいたらしいけど見つからなかった。だったら話は簡単だ。慰霊碑は消えたんじゃない。形を変えたのさ」

「形を……変えた？」

「そう。木端微塵に粉砕されたんだよ。現場の建設機械の中に削岩機があっただろ。慰霊碑はその削岩機によって粉々に砕かれた。そして半乾きだった基礎部分のコンクリートに混ぜられたのさ」

「馬鹿を言うなっ」

久部が再び激昂した。だがそれは先刻の芝居がかったものではなく、心底驚き慌てたものに聞こえた。

「しょ、証拠はっ」

「あるよ」

事もなげに高田がポケットから取り出したのは指先ほどの石の欠片だった。

「工事現場に落ちていた。間違いなくあの碑の一部だったものだ」

「出鱈目《でたらめ》言うな」

「有色鉱物の角閃石《かくせんせき》と輝石《きせき》、それから無色鉱物の斜長石《しゃちょうせき》」

「……な、何のことだ」

「この欠片の成分だよ。あの慰霊碑は輝石安山岩《あんざんがん》という石材で出来ていたんだけれど、その成分が正にそれさ。輝石安山岩というのは神奈川県足柄下郡《あしがらしもぐん》から多く採石されるものでね、ここ岩手県の地層からは絶対と言っていいほど出てこない。そんな石の欠片がどうして現場に落ちているのかな」

「古い慰霊碑だ。隅が割れて落ちたんだろ」

「経年変化くらいで易々《やすやす》と欠けるような石じゃないんだけどねえ。それじゃあ、あのベタ基礎の中からこれと同じ石が採取されたらどんな言い訳をするつもりだい」

「コンクリにも砂利や小石は混じっている！」

「コンクリートの主要材料であるセメントの構成成分は珪素《けいそ》、カルシウム、鉄、アルミニウム。他には混和剤と砕石だが、角閃石や輝石が含有されている確率はコンマ以下だよ」

　ここに至って、初めて駐在が久部に疑いの目を向けた。

「久部社長。もし、この先生の言ってることが本当なら器物損壊じゃ済まんですよ。あの慰霊碑は国の予算で建てたもので、保存会の所有物だ」

「じゃあ駐在。そいつの言うことを信じて基礎を掘り返してみるがいい」

挑発的な物言いに駐在も顔色を変えた。

「だが、もしも何も証拠らしいものが出なかったらどうする。あの基礎部分だけで百万円以上の費用がかかっている。その賠償金はいったい誰が払ってくれるんだ。国か。その保存会とやらか。それとも駐在、あんたか」

畳み掛けるような弁舌に口を開きかけた駐在が黙り込み、恨めしそうに高田の方へ視線を移す。確かに高田の推理は頷けるものの物的証拠に不足している。立証するにはコンクリートを剝がすしかないが、殺人事件でもないのに公権力でそれを強制する訳にもいかない。

戸部と駐在、そして高田が三すくみのように睨《にら》み合っていると、静寂を破って夏美の携帯電話が着信を告げた。

こんな時に――――！　舌打ちしたが相手は校長だった。よほどのことがない限り時間外の教職員を呼び出すような人物ではない。

『ああ、城崎先生。捕まって良かった』

「いったい、どうしたんですか」

『二年の田中《たなか》彩乃ちゃんを見かけませんでしたか』

意外な名前が出てきたので一瞬戸惑った。

「今日はまだ一度も見かけていませんけど……彩乃ちゃんがどうかしたんですか」

『家から連絡があって、まだ帰宅していないそうです』

液晶画面の右肩に表示された時刻を見る。午後六時三十分。いつもならとっくに彩乃が自宅にいる時間だ。

『昨夜半からの雨で地盤が緩み、あちこちで小規模な土砂崩れが起きておる。まだ通学路は大丈夫だが、児童の中には崖沿いの近道を通っとる者もおるそうだから……』

不安が胸を貫いた。

心臓の鼓動が一気に早まる。

最後まで聞く必要はなかった。夏美は急いでレインコートを羽織ると、挨拶もなしに戸外に飛び出した。背後で高田の声が聞こえたが、振り返る余裕もなかった。

その途端に、突き刺すような雨と、目を開けていられないほどの風が正面から吹きつけた。

どう、どどう、どう。

どう、どどう、どう。

雨と風が世界を蹂躙《じゆうりん》していた。高い梢《こずえ》は弓なりに撓《たわ》み、横殴りの雨で視界は数メートル確保するのがやっとだ。夏美は一瞬たじろいだが、頭をひと振りして嵐の中を駆け抜けた。この雨と風だ、レインコートもさほど役には立たず、すぐに雨が染みてきた。徐々にレインコートが重くなる。

泥濘《ぬかるみ》に足を取られ風に行く手を遮られながら、夏美は一つの偶然に思いを馳せていた。あの日もこんな暴風雨だった。幼い夏美は崖下までやって来たものの、空の暗さと猛々しさにすっかり怯え、身を竦《すく》めていた。後で聞いた話では、両親はそれを知った時、学校にも消防団にも連絡せず着の身着のままで雨の中に飛び出して行ったという。きっと彩乃も同じように身を縮めているに違いない——まるで根拠のない話だったが、夏美にはそれ以外に考えられなかった。形にならなかった漠然とした不安が崖に近づくにつれて明瞭な姿になりつつあった。

林の中に入ると、嵐はまた別の顔を見せた。風の音を唸《うな》りに変え、木々はごうごうと深く重い響きを立てている。獣道は小さな滝となり、泥色の水で夏美を呑み込もうとしている。

立ち去れ。

ここはお前の来る所ではない。

嵐がそう警告しているように思える。だが、夏美はそれを無視して一直線に駆け進む。自然の獰猛《どうもう》な一面など両親を亡くした頃から織り込み済みだ。だが、それでもここで生きていくことを選んだ。自然の畏怖《いふ》をも友とすることを望んだのだ。

やがて木々の切れ間から黒い空が覗いた。やっとの思いで林を抜け出した夏美は、そこに異様な光景を見た。

草原を海に喩えるなら、それは時化《しけ》の海だった。風に身を任せ、捩《よじ》れ、倒れ伏し、互いに絡み合う。その中に身を投じれば溺れてしまいそうにうねっている。群生する栗《くり》の樹はそれぞれが違う方向に撓《しな》り、悶え苦しむ生き物のようだ。風が向きを変える度に葉と毬《いが》をもぎ取られていくが、その数があまりに多く、ぶちぶち千切れていく音が聞こえそうな気がする。

ふと丘の上を見上げる。

久部が頑丈さを誇示していたフェンスはとっくに吹き飛ばされたらしく、影も形もなかった。無防備に晒《さら》された建設機械がひどく心細げに映る。

泥の川と化した農道を掻き分けるように進むと、ようやく目的の崖に辿り着いた。銀色の簾越しに赤茶けた山肌。下には既に大量の土砂が堤のようになって道路を遮断している。そして、その土砂の前にうずくまる小さな黄色い塊が見えた。

見間違うことはない。あれは登下校用に指定された雨合羽《あまがっぱ》だ。

悪い予感ほど的中する。

「彩乃ちゃん！」

声を掛けてみるが雨と風に掻き消されてしまう。夏美は自分の足を急《せ》き立てる。もっと早く。もっと大きく。

膝下を鉛のように重くしながら懸命に駆け寄る。恐らく眼前の光景に耐えきれなかったのだろう。雨合羽にすっぽり身を包んだ彩乃は、怯える子犬のように丸くなっていた。

「彩乃ちゃん！」

もう一度叫ぶ。だが、まだ声は届かない。

そして嫌なものが視界に入った。崖の先端に突出していた巨大な岩がぐらりと揺らいだように見え、そのちょうど真下に彩乃の姿があった。

心臓が破裂しそうになった。

一秒が十秒に、十秒が百秒に思える。夏美は狂ったように足を動かして彩乃の許に向かう。そしてやっと彩乃を目前にすると、声を掛けるのももどかしく小刻みに震える身体を抱き締めた。合羽越しでも彩乃の身体が冷え切っているのが分かった。

「先生ぇ」

彩乃は雨と涙でずぶ濡れになった顔を向け、それが夏美であることを確かめるとむしゃぶりついてくる。

「さ、早く逃げよ」

そう言って立ち上がった時、頭上からばらばらと大量の小石、そして胃のせり上がるような恐怖が降ってきた。

ごうんっ。

いきなり目の前を巨岩が掠めた。

夏美は彩乃を抱いたまま身を竦めた。落下した岩はかなりの深さまで地面にめり込んでいる。一歩踏み出していれば間違いなくこの下敷きになっていた。

身体中が見えない糸で縛られている。前を巨岩、後ろを土砂の堤に挟まれて夏美はもうぴくりとも動けない。

がさがさ。

がさがさ。

今度は髪に砂利が落ちてきた。

ゆっくりと見上げる。

直前に目撃した巨岩は依然、崖の先端にあった。夏美たちの退路を断ったのは別の岩だったのだ。

降りかかる砂利の量が一気に増えた。巨岩を支えていた土台が見る間にぼろぼろと崩れていく。

瞬間、夏美の聴覚は途絶えた。

そして視覚はスローモーションでその光景を捉《とら》えた。

ずるりと巨岩が崖から剝がれる。

視界一杯に巨岩が迫ってくるが目は瞬きもできない。

もう駄目だ。

そう思って彩乃に覆い被さった時だった。

手が届くほどに迫った岩が一瞬ぴたりと宙に静止した。

状況を把握できないまま静止した岩を見ていると、不意に聴覚が甦った。

それはジェット機の爆音にも似た凄まじい音だった。耳を劈く轟音《ごうおん》が雨風の音をも切り裂いて夏美の頭上を貫いていく。

ぐらり、と岩が宙で転がり、そのまま真横に移動した。まるで、それは漂流物が川の分岐点で流れる方向を変えたように見えた。

風だ。想像もつかないほど桁外れに強大な風が岩を押し動かしているのだ。

移動した岩はやがてふらふらと落下した。威圧感すらなくなり、山肌に埋もれていた部分が惨《みじ》めに赤土を晒している。夏美は開いた口が塞がらなかった。それほどまでの力なのに、夏美と彩乃には全く及んでいない。

夢を見ているようだった。

風による奇跡は尚も続く。

やがて轟音のうねり方が変化した。風向きが変わったのだ。

その向きは一方向の直線的なものではない。草の作る波模様で分かる。草叢を大きく囲むように渦を巻いているのだ。

ごおっという音を立てて途轍《とてつ》もない風が再来した。そして円を描いていた風に合流して巨大な円陣を作っていく。草も、砂利も、土も、そして雨もその円陣の中に取り込まれて円筒に変形していく。

風の円陣はやがて徐々にその幅を縮める。比例して音が高くなる。鈍くて太い音から鋭く細い音に変わる。もう、風は竜巻へと変貌していた。

竜巻が周囲のものを巻き込みながら丘へ続く斜面を上がっていく。そして丘に到達した竜巻は俄に凶暴さを発揮した。

大小様々の建設機械がまるでオモチャのように吸い込まれ、渦に巻かれていく。トン級の重機が軽々と宙に舞う。

そして、あらかたの機械を呑み込むと渦は次第に径《けい》を絞っていく。それにつれて渦に巻かれた重機たちがじわじわと中心に運ばれていく。

間もなく重機同士の絡み合う音が渦の隙間から洩れ聞こえてきた。腕を折られ、押し潰され、引き剝がされ、重機たちは鉄の塊に堕《お》ちていく。もはやどの機械も満足な形をしていない。渦巻く轟音の中から洩れてくる音は虐殺される重機たちの悲鳴だった。

やがて終焉《しゅうえん》が訪れた。重機たちは渦の中で雑巾のように絞られながら、いくつもの部品に分解されていく。草叢の上にはもう残骸すら残っていない。

獲物を食い尽くした竜巻は満足げに丘の上を周回すると、そのまま山の向こう側へと流れていった。

嵐の過ぎ去った後に静寂が戻り、夏美はようやく我に還った。

まだ耳の中ではわんわんと風の音が反響している。遅れてやってきた恐怖で全身が瘧《おこり》のように震え始める。

とにかくこの場所から立ち去らなくては。

「……彩乃ちゃん。大丈夫?」

彩乃は泣きじゃくりながら何度も頷く。

その身体を抱く手に力を込めて今来た道を引き返そうとした。

その時、視界の隅で灰色がひらりと舞った。

はっとして振り向くと、崖の上から遠ざかっていく灰色のジャケットが映った。

だが声を掛ける間もなく、その姿は夏美の視界からついと消えてしまった。

翌朝、丘の上の惨状を目にした村民たちは皆一様に言葉を失った。

まるで台風の直撃を受けたような有様だった。ここに工場の建築現場があったことなど誰が想像できようか。建設機械は元より、現場に置かれていた工具や資材の類《たぐい》、トラ縞や看板に至るまで久部建設のものはほとんど姿を消していたのだ。

唯一残っていたのがベタ基礎の一部だったが、これとても満足な形ではなく型枠を含めてコンクリート部分が完膚なきまでに破壊されていた。「デイダラボッチが踏み潰した後みたいだ」と、何人かの老人が口を揃えた。

久部にとって二重に災難だったのは、破砕されたコンクリートの中から慰霊碑の欠片が発見されたことだった。採取された欠片には犠牲者の名前の一部が彫られており、鑑定を待つまでもなく高田の推理が正しかったことが立証された。

久部は器物損壊の容疑で駐在に同行を求められると、あっさりそれを受諾した。事の成り行きを見守ろうとやって来た夏美は却って拍子抜けした。

「容疑を認めるんかね」

「あれだけ立派な証拠が出たんじゃ抗弁のしようもない。それに現場はあの有様だ。嵐に持っていかれたレンタル建機の弁償代だけでウチはもうお手上げだよ」

久部はさばさばした口調でそう言った。執拗《しつよう》ではあっても諦《あきら》める段には潔《いさぎよ》いのも昔のままだったので、夏美は少し嬉《うれ》しかった。

「しかし夏美ちゃんよ。本当にこれで良かったと思うか」

そう訊《き》いてきた口調は久部建設社長ではなく幼馴染久部圭市のものだった。

「俺なりに荘川村を元気にしたかったのは本当だったさ。産業を興し、ヒトとモノとカネを呼びたかった。限界集落でそれをするには多少の無茶も必要だったんだ。だが、もうそれも不可能になった。この村は棺桶《かんおけ》に片足を突っ込んだ老人と一緒だ。直《じき》に死んじまう」

夏美に返す言葉はない。戻ってくる自然。しかし老衰と困窮もまた戻ってくる。得たものと失ったもの、その清算は未だについていない。

「ところで、あの高田って奴は鳥か何かか」

「え」

話が思いがけない方向に飛んだ。

「夕べはあいつの理路整然とした話しぶりに焦りまくったけどよ。よおく考えると妙なんだよな」

「どこがよ」

「あいつは慰霊碑の隠し場所を見事に言い当てたども、あれって消去法でも何でもないんだよな。バレちまったから言うけど、クレーン車二台をこれ見よがしに置いておいたのも、あれで慰霊碑を放り投げたように目眩《めくら》ましさせたかったからだ。現に夏美ちゃんは簡単に引っ掛かってくれただろ」

「う、うん」

「つまりそれだけ実効性のありそうなネタだったんだ。ところが奴はそんなものには目もくれずに、俺が慰霊碑を粉微塵にしたと結論づけた。あんなの推理じゃない。最初から結論ありきの後づけ論理だ。絶対に奴は慰霊碑の破壊現場を目撃していた。だからあんな風に説明できただけだ。だけどな、あの現場は周囲三百六十度をフェンスで囲まれていた。しかもあの丘より高い場所は近くにない。もし、そんな場所があるとせばな」

久部は人差し指を真上に向けた。

「空だ。あの現場を目撃したのなら奴は空を飛んでいたとしか思えない」

馬鹿なと言おうとした時、先に駐在が笑い出した。

「それもまあ大した推理だ。しかし残念ながら本人に確かめる術はもうないな」

「え」と、夏美は聞きとがめた。

「駐在さん、それどういう意味」

「おや、城崎先生は聞いとらんかったのか。本官は先刻にあの先生と峠で出くわしてな。何でも産休しておった先生が戻って来たから自分は別の任地に移るんだと」

頭が真っ白になった。

そんな、嘘だ。まだ訊きたいことが山ほどあるというのに。

「駐在さん！　それ、いつのこと？」

「さあ、二十分も前かな」

訊き終わるなり夏美は駆け出した。

どこにこんな脚力があったのか、自分でも驚くほどの速さだった。急峻な坂を落ちるように下り、林を矢のように突き抜け、草叢を飛ぶように走る。山間《やまあい》の中、地面を蹴る音だけが木霊《こだま》する。木々が、畑が、小川が、自分の横を次々と通り過ぎていく。せり上がってくる気持ちを必死に堪える。大切なものがなくなる前の焦燥と切なさが胸から溢れ出そうになる。

そして小高い坂道の下に辿り着いた時、やっとその頂に灰色のジャケットを見つけた。

「高田先生っ」

高田は立ち止まり、ゆっくりとこちらを振り向いた。

「ああ、城崎さん。ちょうど良かった。君に言い忘れたことがあった」

高田は微かに笑った。

「モリブデンの話、憶《おぼ》えているかい？　あの丘の地層には恐らく多くのモリブデンが含まれている。モリブデンはハイブリッドカーの電子基板や液晶パネルに使われるから産業需要が高いんだ。やりようによってはこの村に新しい産業を」

「そんなこと、どうだっていい！」

あなたが助けてくれたの。

あなたは何者なの。

次々に湧き出る問いかけが言葉にならない。

「待ってて。今すぐそっちに行くから」

「駄目だよ」

高田は少し寂しそうに、しかし決然と言う。

「もう、僕は行かなくちゃいけない」

有無を言わせぬ口調に夏美は押し黙る。

きっとそれは予《あらかじ》め決められていたことなのだろう。胸が詰まって息が苦しい。

不意に古い記憶が甦った。

ずっと昔、丘の上で交わした幼い約束。

赤い髪と真ん丸の目をした少年が高田の顔に重なる。

あっと声にならない叫びが洩れた。

子供の頃に読んだ物語。

父親が鉱山技師、灰色でだぶだぶのジャケット――。

「あ、あなたは、風の」

「サヨナラ」

高田はそれだけ言うとくるりと背を向けた。

坂道を駆け上がろうとした夏美の両脇を突風が吹き抜けた。

昨夜と同じだった。四方から風が回り込み、道端の落葉を運びながら高田の周囲に集まってきた。それはやがて大きな旋風となり、葉の群れを巻き上げて高田の身体を包み隠していく。

外側を葉でびっしりと覆ったまま、それは渦となってしばらく旋回し続けていた。

やがて風が弱まり渦が解け、ばらばらと葉が地面に落ちた時――。

そこに高田の姿はなかった。

夏美は夢から覚めたように辺りを見回したが、高田はどこにもいない。

すると、さあっと乾いた風が夏美の頬を撫でて天上に抜けていった。

ひやりとその風を感じた瞬間、夏美はそれが高田の最後の挨拶であるように思えた。

今日が二百二十日であることを思い出したのはちょうどその時だった。

　最近、立て続けでトークショーなるものにお呼びが掛かった。片や対談形式、片や質問形式だが、要は一時間ぶっ通しで喋り続けろという内容である。さあ、これが困った。大体において作家というものは書くことが仕事なのであって、喋るのが得意ならこんな職業に就いてなどいない。しかもトークショーならこちら一人に対して聴衆は数十人である。多勢に無勢である。卑怯ではないか。

　更に質問形式の方は聴衆全員が学生さんであった。自分の子供と同世代の方々が好奇心大爆発の表情で壇上を注視しているのだ。今ここで親父ギャグなどカマそうものなら、確実にここにいるだけの読者を失うことになる。さりとて真面目一辺倒に問答を繰り返していても、「こいつ面白くねーじゃん」とやっぱり読者を失う。じゃあいったい何を喋る業界ウラ話か以前それをやってお前顰蹙を買っただろうもう忘れたのかこの馬鹿などと煩悶しているうちにあっという間に時間が過ぎていった。

中山七里

柚月裕子

『心を掬う』

柚月裕子（ゆづき・ゆうこ）

1968年、岩手県生まれ。山形県在住。第７回『このミステリーがすごい!』大賞で大賞を受賞、2009年『臨床真理』にてデビュー。他の著書に『最後の証人』『検事の本懐』（以上、宝島社文庫）、『検事の死命』（宝島社）がある。『検事の本懐』で第25回山本周五郎賞にノミネート、第15回大藪春彦賞を受賞。

久しぶりに訪れた「ふくろう」の店内には、野球中継の音声が流れていた。髪を短く刈り上げた店の親父がカウンターの隅で、年代もののテレビにかじりついている。客が店に入ってきたことに気づいたはずだが、挨拶はおろか、振り向きもしない。野球シーズンはいつもこうだ。

親父のその姿に、今年も野球がはじまったことを、増田陽二《ますだようじ》は実感した。

「おっ、今日からいよいよ開幕か。親父、嬉《うれ》しそうだな」

筒井義雄《つついよしお》が声を掛ける。親父はちらりと筒井を見やり苦い顔をした。

「野球がはじまったのは嬉しいども、今日の試合は流れが面白ぐね。野村《のむら》に拾ってもらった小早川《こばやかわ》が、二本もスタンドに放り込みやがった」

増田たちがカウンターの止まり木に座ると、親父は立ち上がってカウンターの中に入った。

テレビに目をやる。巨人とヤクルトの開幕戦だった。五回裏、巨人の攻撃。二対二の同点だ。

筒井が「いつもの」と言うと、親父は後ろにある棚から山形の地酒「出羽桜《でわざくら》」の一升瓶を手に取り、空のコップが入った枡《ます》を、三人の前に置いた。筒井の好きな酒だ。親父はコップから枡に溢《あふ》れさせて酒を注《つ》ぐ。筒井はコップに口をつけて酒を飲むと、溢れた酒を枡からコップに注ぎ足した。

お通しはホヤとコノワタの塩辛、莫久来《ばくらい》だった。筒井の好物だ。筒井は嬉しそうに割り箸を割った。

米崎《よねさき》地検で事務官を務める増田は、二人の上司と店を訪れていた。刑事部副部長の筒井と、直属の担当検察官である佐方貞人《さかたさだと》だ。

酒処ふくろうは米崎駅から西に歩いて、五分ほどのところにある。表通りから一本奥に入ったどんづまりにある飲み屋で、野球好きの親父がひとりで切り盛りしている。店は五人掛けのカウンターと小上がりがひとつあるだけで、席がすべて埋まっても十人と入らないほど狭い。

上司の筒井に連れてこられて三年になるが、自分たち以外の客が入っているところを、増田は二、三回しか見たことがない。客が少ない理由は、目立たないところにある立地の悪さもあるだろうが、おおもとは親父にあると、増田は思っていた。

客が来ても「いらっしゃい」のひと言もなければ、時候の挨拶ひとつない。いつもカウンターの端に置いてあるポータブルテレビを観ていて、客が来るとだるそうに席を立つ。客が酒を注文すると、無言で酒とお通しを出す。そのあとはまたカウンターの端に座り、客が注文しない限り席を立つことはない。店で愛想がいい顔をしているのは、テレビの横に鎮座している、招き猫ぐらいだ。

今日、酒に誘ったのは筒井だった。増田が仕事を終えて帰り支度をしていると、筒井が佐方の検事室にやってきた。ひと月前から手掛けていた大きな案件がやっと片付いたので、帰りに一杯やっていこうというのだ。

筒井が飲みに行くといえばふくろうと決まっている。筒井は店の雰囲気や店員の接客態度には関心がないようで、置いてある酒とアテが美味《うま》ければそれでいい、というスタンスだった。

四十歳を過ぎた筒井なら、それもわかる。だが、自分より三つ下でまだ二十代後半と若い佐方も、筒井と同じ好みのようだった。

増田が佐方とはじめてふくろうに来たのは一年前だ。

佐方が米崎地検に配属されてきた初日、内輪の歓迎会をふくろうでした。はじめて訪れた店なのに、佐方は常連のように落ち着き払って、ぐい呑《の》みを傾けた。若いのに年季の入った店が似合う変わった男だ、と増田は思った。

増田はどちらかといえば、雑誌で紹介されるような、洋風の洒落た店が好きだ。年齢から考えて、てっきり佐方も同じだと思い込み、一度、若者が好みそうなショットバーに佐方を連れて行ったことがある。間接照明が灯《とも》る薄暗い空間で、黒いベストを身につけたバーテンダーが優美な手つきでシェイカーを振り、店内にはスロー・ジャズのBGMが静かに流れていた。いかにも都会的な雰囲気、といった感じの店だ。

気に入ってくれるだろうと思いきや、佐方は尻の据わりが悪そうに髪をくしゃくしゃと掻《か》き、落ち着かない風情でカクテルを飲んでいた。なんとなく気の毒になり、店を替えましょうか、と言うと佐方はほっとした表情で、はい、と即答した。それから佐方を、ショットバーへ誘ったことはない。

親父が一升瓶を棚に戻したとき、テレビの中でひときわ大きな歓声が湧いた。

「おいおい、なんだよ。ふざけやがって」

親父がテレビに毒づく。

六回表、ヤクルトの攻撃。この試合ですでに二本のホームランを打っているヤクルトの小早川選手が、三本目のホームランを打ったのだ。親父は悔しそうに顔を歪《ゆが》め、額に手を当てた。

「勘弁してくれよ、まったく」

増田は項垂《うなだ》れている親父を見て、小さくつぶやいた。

「打った打者が上手《うま》いのか。打たれた投手が下手《へぼ》なのか」

歳はとっていても、耳は達者なのだろう。言葉を聞きつけた親父は、増田をぎろりと睨《にら》んだ。

「なにもわがんねくせに、知った風なこと言うんじゃねえよ。いま投げてる斎藤雅樹《さいとうまさき》ってのはな、五年連続開幕投手、しかも三年連続完封勝利の、ミスター開幕投手だ。沢村《さわむら》賞もとった、大巨人軍の大エースなんだよ。野球のやの字も知らねえ野郎が、斎藤のことを悪ぐ言うんじゃねえ！」

親父のものすごい剣幕に、増田は縮こまって酒を口にした。

親父の読みどおり、試合の流れは変わることなく、六対三でヤクルトが勝った。親父は煙草を乱暴に揉《も》み消すと「ちくしょうめ」と小声で悪態をつく。筒井が酒を口にしながら、しみじみと言った。

「巨人は三十億円以上かけて選手を補強したのに、広島カープをリストラされた年俸二千万の小早川にしてやられたか。勝ちに不思議の勝ちあり、負けに不思議の負けなし――とはよく言ったもんだ。野球はなにが起こるかわからんな。人生と同じだ」

「なにが起こるかわがんねえかあ……そういえば」

カウンターの中で料理の下ごしらえをしていた親父が、顔をあげた。

「この近所の常連客で、出した手紙が届かねえ、って言ってる奴がいたな」

「手紙が届かない？」

増田は問い返した。親父はまな板に視線を戻し、手を動かしながら答えた。

「北海道にいる娘さんに手紙を出したんだども、十日経っても届かないんだと。だから、言ってやったんだ。戦後の混乱期ならいざ知らず、買い物も商品管理もバーコードだのなんだのと機械が処理している時代に、郵便物が消えるなんてことねえべ。お前さんが出したと勘違いしてんだよ。簞笥《たんす》の奥でも探してみろ、出し忘れた手紙が出てくるべ、ってな」

俺の幼馴染だが昔から忘れっぽい奴なんだ、と親父は親しみを込めた口調で言い添えた。

「ほれ、いい白子《しらこ》が入ったんだ。塩で食え」

カウンターに、白子の天婦羅が置かれる。

「お、美味そうだな」

筒井は嬉しそうに、空になったコップを枡ごと持ち上げた。

「親父、もう一杯。こいつらにも注いでくれ」

筒井はご機嫌で、増田と佐方の分も注文する。

「手紙が届かない、か」

新しく注がれた酒に口をつけ、佐方がつぶやくように言った。


翌日の昼休み、増田は痛む頭を抱え、地検の食堂に向かった。

昨夜はあれから、筒井と店の親父が野球の話で盛り上がった。巨人の長嶋《ながしま》監督とヤクルトの野村監督を肴《さかな》に、ふたりで監督論を闘わせたのだ。お開きになったのは、日付がとうに変わった頃だった。

野球よりサッカーが好きな増田には興味がない議論だったが、筒井は野球談議ができるのが楽しかったらしく、珍しく足にくるまで飲んだ。筒井は終始ご機嫌で、佐方と増田に酒を勧めた。勧められるまま筒井のペースに合わせて飲んでいたら、帰る頃には自分も千鳥足になっていた。

佐方はといえば、筒井と親父の話に口を挟むわけでもなく、ときおり肯《うなず》きながら黙々と酒を飲み、肴に箸をつけていた。酒も増田と同じくらい飲んでいるはずなのに、多少、顔が赤くなるくらいで、酔った素振りはまるで見せなかった。

今朝も、増田が二日酔いでふらふらしながら出勤すると、廊下の奥から佐方がしっかりとした足取りで歩いてきた。朝の挨拶を見る限り、普段とまったく変わらない様子だった。佐方が酒に強いことはわかっていたが、よほどアルコールの分解機能が高いらしい。

食堂に入り、食券売り場の前でなにを食べようかぼんやり考える。昼になっても、食欲は湧いてこない。迷った挙げ句、一番すんなり腹に収まりそうなざるそばにする。

配膳カウンターでざるそばを受け取り席に着く。一口そばを啜《すす》ったとき、向かいに人の座る気配がした。佐々木信雄《ささきのぶお》だった。佐々木は増田と同じ検察事務官で、歳は増田のふたつ上だ。地元高校の先輩で、ときどき酒を飲みに行く仲だった。

「どうした。顔色が悪いな」

佐々木はそう言いながら、カツ丼の大盛りをテーブルの上に置いた。大学まで柔道を続けていた大きな身体には、大盛りがちょうどいいのだろう。二日酔いの増田は、どんぶりから溢れそうになっているカツを見ているだけで、胃液が込み上げてきた。

増田は昨日、筒井と佐方と三人でふくろうに行き、筒井に付き合って飲み過ぎた話をした。佐々木はカツを頬張りながら笑った。

「あそこの親父と筒井さんは気が合うからな。おれも一度、筒井さんにふくろうに連れて行ってもらったことがあったけど、次の日、二日酔いで丸一日、使い物にならなかった」

増田は溜《た》め息まじりに、つぶやいた。

「郵便物が届かないって話あたりまでは、いいペースだったんだけどなあ」

増田がぽつりと漏らした愚痴に、意外にも佐々木が反応した。

「どういう話だ」

「たいした話じゃありません。親父さんの知り合いが出した郵便物が、届いてないらしいんです」

増田は店の親父から聞いた話を佐々木に伝え、結局勘違いだろうというところに落ち着いた、と付け足した。

佐々木は箸を止め、ふうむ――と、宙を睨んだ。

「どうしたんです」

「ああ、いや。最近、親戚から同じような話を聞いたもんだから」

佐々木の話によると、米崎市内にいる叔父が、埼玉に住んでいる佐々木の従兄弟《いとこ》に手紙を出したのだが、二週間経っても届いていない、ということだった。

ざるそばをなんとか口に押し込み、増田は言った。

「出し忘れってことは、ないんですか」

佐々木はどんぶりを手に持ち、残りの飯を口の中に掻き込んだ。

「さあな。俺も詳しく聞いてないからわからんが、そんなとこだろう。それより、お前の好きそうな店を見つけたんだ。こんど飲みに行かないか」

腹に入れたざるそばが、逆流しそうになった。いまは酒の話はしたくない。増田は無理やり笑みをつくり、そのうち、と答えた。

昼食を終えた増田は、午後の就業開始三分前に部屋に戻った。佐方はすでに席についていた。普段と変わりなく、涼しい顔をしている。増田は感心して訊《たず》ねた。

「昨日はかなり飲みましたが、二日酔いは大丈夫ですか」

佐方は読んでいた資料から顔をあげて、増田を見た。

「多少、酒が残っている感じはしますが、大丈夫ですよ。増田さんは……」

佐方は増田の顔を眺め、辛そうですね、と言った。そんなに顔に出ているのだろうか。増田は思わず顎のあたりを撫《な》でた。年下の佐方に気遣われ、いささか面映《おもはゆ》い。増田は話題を変えた。

「そういえば、さっき食堂で事務官の佐々木さんから、面白い話を聞きました」

「面白い話？」

増田は先ほど聞いた話を披露した。

「ふくろうの常連客といい、佐々木さんの叔父さんといい、忘れっぽい人が多いんですね。たしかにメールと違って手紙だと、どこかに置いたまま投函したと思い込んでいるって、あるかもしれませんね」

佐方は顔の前で手を組み、考え込むように押し黙った。

なにか気になることを言っただろうか。増田が、どうかしましたか、と声をかけようとしたとき、佐方が先に口を開いた。

「増田さん。いま聞いたふたつの郵便物紛失の件、調べてもらっていいですか」

意外な指示に、増田は面くらった。

「出し忘れの手紙を調べるんですか」

佐方は増田を見た。

「二件の郵便物の宛先、いつ、どこの郵便局またはポストに投函したのかなど、調べてほしいんです」

目が真剣だった。興味本位で言っているわけではなさそうだ。なにか考えがあるのだろう。増田は背筋を伸ばした。

「承知しました。手が空いたときに調べてみます」

そう答え、午後の仕事にとりかかろうとすると佐方は、なるべく早くお願いします、と言った。

増田は驚いて、開きかけたパソコンから顔をあげた。

「お急ぎですか」

佐方が肯く。

地検には警察から毎日、ひっきりなしに案件が送られてくる。検察官や事務官の机の上には、決裁を待っている書類が山積みされている。なにか考えがあるとはいえ、郵便物の紛失話を急いで調べなければいけない理由が、増田にはわからない。だが、検察官の求めに応じるのが事務官の仕事だ。納得がいこうがいくまいが、佐方の指示に従うしかない。

「わかりました。早急に調べます」

「お願いします」

佐方はそう言うと、手元の書類に目を戻した。


翌日、増田は佐々木とふくろうの親父から、郵便物が届かないと話していた二件の男性の自宅を教えてもらい、連絡を取った。運よく、ふたりとも在宅しているという。増田は午前中の業務を終えると、食堂で昼食を済ませ地検を出た。

佐々木の叔父の住所は、米崎市の北部にある住宅街だった。古い町で細い道が入り組んでいる地区だ。

叔父の滝川義明《たきがわよしあき》によると、手紙を投函したのは二十日近く前で、いつも買い物に行くスーパーに備え付けられているポストに入れたという。投函したのは女房の須美代《すみよ》で、「間違いなく入れたはずなんだけど、届いてないってことは、私の思い違いなのかな、とも思ったんです。でもバッグや家ん中を探しても見当たらないし、どうにも納得いかなくて……」と彼女は困惑気味に語った。

ふくろうの常連客は、店の近くにあるマンションの住人だった。森脇文雄《もりわきふみお》は定年退職した元高校教師で、妻に先立たれ、ひとり娘が北海道に嫁いでいた。手紙を出したのはひと月前で駅前のポストに投函したという。

森脇も須美代と似たようなことを語った。娘から手紙が届いていないと聞いて、あちこち探したが見つからない。大事な手紙だったので出し忘れたということはない、と言い切った。

森脇宅を出た増田は、米崎市で一番大きな郵便局である米崎中央郵便局の代表番号を調べ、公衆電話から電話をかけた。須美代が手紙を出したスーパーのポストと、森脇が投函した駅前のポストが、どこの局の担当か訊ねるためだ。対応した郵便局員は、どちらも中央郵便局の扱いです、と答えた。

増田が地検に戻ったときは、午後四時を回っていた。

佐方は机で、所轄《しょかつ》から送られてきた「一件記録」を読んでいた。指示された郵便物紛失の件を調べてきた、と増田が言うと、手にしていた書類を机に置き顔をあげた。

「どうでした」

窺《うかが》うような声音《こわね》だ。増田は調べてきたことを報告した。

話を聞き終わった佐方は、髪をくしゃくしゃと掻いた。

「郵便物を出している時期と場所は別だが、扱いはどちらも中央郵便局なんですね」

「はい、そうです」

佐方は椅子に背を預けなにか思案していたが、勢いよく身体を起こすと増田の方へ乗り出した。

「すぐ米崎中央郵便局に連絡して、過去一年分の郵便物の紛失状況を問い合わせてください。できれば資料を提出してほしい、と」

なにやら大事《おおごと》になりそうな気配を感じ、増田はかすかな胸騒ぎを覚えた。たった二通の、出し忘れかもしれない郵便物の紛失に、佐方はなぜ拘《こだわ》っているのだろう。

佐方が壁時計に目をやる。

「郵便局の業務は五時までです。いまならまだ電話は通じる。お願いします」

時計を見ると、針は四時四十五分を指していた。とにかく佐方の指示に従うしかない。増田は受話器を取りあげると、中央郵便局に電話をかけた。


佐方が要求した資料は、二日後に郵送で届いた。

資料によると、中央郵便局で過去一年に紛失届が出されている郵便物はぜんぶで十五通だった。差出人はすべて米崎市の住人で、住所は中央郵便局の取り扱い範囲一円に散らばっている。紛失した郵便物を投函した日もばらばらで、一日にごそっとまとまって紛失しているわけではない。

増田は自分の席で資料のコピーを見ながら、つぶやくように言った。

「郵便物の紛失って、案外あるもんですね」

佐方は資料に目を落としたまま言った。

「いえ、この数字は氷山の一角ですよ。先方に郵便物が届いていないことに気づかないケースもあるでしょう。それに、気づいたとしても紛失届を出さない場合もある。それやこれやを考えると、実際は資料に書かれている数字の数倍、いや、ことによると十倍以上の可能性もある」

言いながら佐方は、手にしていたペンを指のあいだに挟んで器用に回す。

「なるほど、そうですね」

増田は同意しながら、それにしても、と疑問を口にした。

「紛失している郵便物が、三月と四月に多いのは、なにか意味があるんでしょうか」

一年のあいだで紛失届が出されている月は、三月と四月に集中していた。十五件のうち、五件が三月、六件が四月と、他の月に比べて圧倒的に多い。

「三月、四月といえば、増田さんはなにを思い浮かべますか」

佐方は増田を見た。質問に質問で切り返され、増田は唸《うな》った。

「ええっと、まず春ですよね。春といえば卒業、入学、就職。それに伴う引っ越し、あとは……」

「それです」

「え？」

増田は宙に向けていた視線を、佐方に移した。佐方の言う「それ」がなにを指しているのかわからない。佐方は、卒業、入学、就職、と言いながら、指を一本一本折り曲げた。

「これでなにか思いつきませんか」

そこまで言われて、ようやく増田は理解した。

「お祝いですね！」

佐方が肯く。

「春先といえば、卒業や入学の時期です。多くの人間が、その春に卒業や入学をする身内にお祝いの金や品物を渡すでしょう。近くにいれば手渡しだが、遠方にいた場合は郵便で送る」

でも、と増田は再び資料に目を戻した。

「今回、紛失している郵便物はすべて普通郵便です。現金書留じゃありません」

たしかに、と言いながら、佐方は机に肘をつき、顔の前で手を組んだ。

「現金を郵便で送る場合、現金書留で送るのが原則です。でもそれは法で決められているわけではありません。現金書留で送れば、万一、紛失したとき五十万円を限度に送った分の現金を補償してもらえるというだけです。補償が必要ないと判断した場合、普通の封筒に現金を入れて送る場合もあるでしょう。私も――」

そこで佐方は、口を閉ざした。視線を床に落としたまま、なにか考え込むようにじっとしている。

「私も、なんでしょうか」

増田が続きを促すと、佐方は軽く手を振って、たいしたことじゃない、という仕草を見せた。

とにかく――と、佐方が話を戻す。

「現金が同封されていたという線は、かなり濃いように思います」

「ということは職員の誰かが、金目的で郵便物を窃取《せっしゅ》しているということですか。しかしお言葉ですが、その線は薄いんじゃないでしょうか。封筒の表に現金在中なんて、誰も書きませんよ。現金が入っている封筒だけ選んで抜き取るなんて、不可能でしょう」

佐方はそれについては言及せず、中央郵便局の郵政監察官に連絡をとるよう、増田に指示した。

「郵政監察官に、ですか」

ますます大事になっていく。増田の手に、じんわりと緊張の汗が滲《にじ》んだ。

郵政監察官とは、特別司法警察員の資格を持つ郵政職員だ。郵便事業を独占している郵便局で郵送に関わる犯罪が行われては、国民への影響が大きい。そのような理由から郵便事業に絡む事件は、郵政監察官が警察と同様に第一次捜査機関として犯罪を取り締まり、犯人を検挙できることになっている。通称「郵政Gメン」とも呼ばれ、局内で特別な役割を担っている。

郵便物紛失に関わる資料を取り寄せるだけならまだしも、郵政監察官を呼び出すとなると、向こうも構えるだろう。佐方はこの郵便物紛失を、事件として立件するつもりなのか。しかしこれが事件ではなく、単なる事故だとしたら、佐方の立場は悪くなる。ここは筒井に伺いを立てるべきではないか。

「どうかしましたか」

佐方に声をかけられて、我に返る。

「いえ」

佐方のことだ。なにか目算《もくさん》があってのことに違いない。増田は躊躇《ためら》いを吹っ切り、電話機に手をかけた。

と同時に、電話機が鳴る。素早く受話器を取りあげた増田は、交換手の言葉に耳を疑った。米崎中央郵便局の郵政監察官から、佐方に電話が入っているという。増田は電話を保留にし、椅子ごと佐方に身体を向けた。

「驚きました。連絡を取ろうとしていた当の郵政監察官から、佐方さんに電話が入っています」

これには佐方も驚いたようで、わずかに目を見開いた。が、すぐに冷静さを取り戻し、繋《つな》ぐよう指示する。

電話が繋がると佐方は、自分の名前を名乗った。あとは「はい」とか「ええ」などと、短い相槌《あいづち》を打っているだけだ。相手が一方的になにか話している。

この絶妙なタイミングで、なぜ郵政監察官は佐方に連絡を取ってきたのだろう。話の内容が気になった。

通話はさほど長引かなかった。ものの数分で佐方は、わかりました、と答えて電話を切った。佐方が受話器を置くと同時に、増田は訊ねた。

「郵政監察官が、いったいなんの用事だったんですか」

佐方は席から立ち上がると、椅子の背にかけていた背広を羽織った。

「明日の十時に、地検に来るそうです」

「ええっ」

思わず声が出る。まるで、こちらの動きを見透かしているかのようだ。

佐方はズボンのポケットから皺《しわ》くちゃのハイライトを取り出すと、増田に見えるようひらひら振った。

「一服してきます」

部屋に残された増田は、なにが起こっているのかわからず、佐方が出て行ったドアを呆然《ぼうぜん》と見つめた。


中央郵便局の郵政監察官は、約束の時間ちょうどにやってきた。

検事室に置かれているソファに腰掛け、深々と頭を下げる。差し出された名刺には「米崎中央郵便局　監察官　福村正行《ふくむらまさゆき》」とある。歳は筒井と同じくらいだろうか。それにしては、後頭部がかなり淋しい。痩せぎすの体格で顎は尖《とが》り、頬骨が目立っている。

「お忙しいところ、お時間を頂戴して申し訳ありません」

福村はもう一度、テーブルを挟んで座っている佐方と増田に丁寧に頭を下げた。

佐方が、増田の淹《い》れた茶を勧めながら話を切り出す。

「ちょうどこちらも、福村さんにご足労願おうと思っていたところでした。例の、送っていただいた資料の件で」

福村は、はっとしたように細い目を見開くと、唇をきつく嚙《か》んだ。

「佐方検事は、気づかれたのですね」

佐方は沈黙することで、福村の言葉を認めたようだった。福村は大きく息を吐くと、意を決したように話しはじめた。

「昨日、総務の人間から、米崎地検の佐方貞人という検事さんが、郵便物紛失に関する資料を要請してきたと聞いて、そうではないかと思っていました。本当に、お恥ずかしい限りです」

福村がまた、頭を下げる。

福村の話によると、この一年、中央郵便局では郵便物の紛失届が相次いで出ているという。監察官という立場にある福村は、内偵を続けてひとりの男に目をつけた。名前は田所健二《たどころけんじ》。年齢は三十八。妻と、就学前の子供がふたりいる。

田所は一年前に米崎北郵便局から中央郵便局に配属され、前の職場と同様に、通常郵便物を郵便番号読み取り機にかける作業に従事している。

職員室と隣接する仕分け室の仕切り板は、上部が透明なアクリルでできている。不正が行われないよう、外から覗《のぞ》ける構造になっていた。福村が職員室の陰から作業現場を監視していたところ、就業中によく手洗いに行く職員がいることに気づいた。それが田所だった。

就業中、作業員が部屋を出ることはそう多くない。腹をこわしたとか、体調がすぐれないなど特別な事情がない限り、休憩時間以外に持ち場を離れることはまずない。だが、田所は週に二、三度、多いときは毎日のように、作業中に手洗いに立つ。注意して田所の様子を探っていたところ、田所が手洗いに行く前に作業着のポケットになにかを入れることに気づいた。遠目でよく見えないが、どうやら取り扱っている郵便物のようだった。

「田所は現金が入っている郵便物を選び出し、人目を盗んで自分のポケットに入れ、局内の手洗いで中身を抜き取っているのです」

「ちょっと待ってください」

話を聞いていた増田は、横から口を挟んだ。

「仮に田所という男が郵便物を盗んでいたとして、どうしてその郵便物が現金入りだとわかるのですか」

福村は増田に膝を向けると、真《ま》っ直《す》ぐに見据えた。

「私の仕事は、局内で不正が起きないよう監視することです。田所が怪しいと睨んだ日からここ二ヶ月間、私は奴の動向を調べました。すると田所の派手な生活が見えてきたのです」

福村は悔しそうに口を真一文字に結ぶと、視線を床に落とした。

「私は田所より年上です。経験上、田所の年齢なら給与がどのくらいなのか、見当がつきます。だが、田所の金の使い方は、給与だけでは収まらないものでした。田所は仕事が終わると、キャバクラや飲み屋で遊び歩いていました。休みの日は終日、パチンコです。ざっと計算しても、ひと月の給料だけでは無理だとわかる遊び方でした」

増田は頭に浮かんだ疑問を口に出した。

「別な収入源があるとは考えられませんか。例えば奥さんが働いているとか、実家からの援助があるとか」

福村は俯《うつむ》いたまま、首を横に振った。

「まだ子供が小さいこともあり、奥さんは働いていません。専業主婦です。田所と奥さんの両親は年金暮らしです。どちらも現役時代はごく普通のサラリーマンで、アパート経営をしていて家賃収入があるとか、どこかに土地を持っている資産家だとか、そのようなことはありません。たまに孫に小遣いをあげることはあるでしょうけれど、田所が遊び歩けるだけの金を渡せるとは考えられません」

増田はいちばん不思議に思っていることを訊ねた。

「田所が現金入りの郵便物を抜き取っていると仮定して、何百通という郵便物の中から、現金入りの郵便物を見分けることなんてできるんですか」

福村は顔をあげると、小さく肯いた。

「ええ。長年の経験で、手触りや感触でわかるようです。お恥ずかしい話ですが、以前にも同様の事件が別の県で起きています」

そんなことができるのか。増田は啞然《あぜん》とした。

だが、考えようによっては、あり得ないことではない。整体師が人の歩き方を見ただけで、腰が悪いとか右膝が悪いと当てることがあるように、その道の専門家ならば、不可能ではないのだろう。

納得した増田は、話の続きを促す。

「現金を抜き取った封筒と手紙は、どうしてるんでしょう」

福村の目が、怒りの色に染まる。田所の犯行に心底、憤慨している表情だ。

「細かく千切って、便器に流しているのでしょう。現金を抜き取るだけでも悪質な犯罪なのに、市民から託された手紙を破り捨てるなんて、郵便局員としては論外の行為です」

膝に置いた福村の手が、ぎゅっと握り締められるのを、増田は目にした。

無言でふたりのやり取りを聞いていた佐方が、はじめて口を開いた。

「現金を抜き取っているのは、田所に間違いないんですか」

福村は佐方を、確信のこもった目で見た。

「間違いありません。田所が中央郵便局に配属された頃から、うちでも郵便物の紛失届が増加しています。北を追い出されたのも、不正疑惑があったからかもしれません。中央には監察がいますからね」

佐方は腿《もも》の上に肘をつき、顔の前で手を組んだ。無言でなにか考えている。黙り込んだ佐方を、福村はじっと見つめていた。佐方がどう出るか、見守っているのだろう。

佐方はそのままの姿勢で、福村に訊ねた。

「中央郵便局は、いつ建てられたんですか」

唐突な質問に、増田は戸惑った。建築された年が郵便物紛失となんの関係があるのか。福村も同じ気持ちを抱いたのだろう。戸惑いを言葉に滲ませながら答える。

「ええっと……いまから十年ほど前だから、昭和六十一年か二年頃だと思いますが、それがなにか」

佐方はぽつりとつぶやいた。

出した。

「さらう?」

増田と福村は、同時に訊ねた。佐方は組んでいた手を外すと、福村の方に身を乗り
「じゃあ、さらえますね」

「浄化槽ですよ」

佐方の説明によると、昭和五十八年に浄化槽法という法律ができた。公的建造物に手洗いをつける際、浄化槽の設置を義務付けるというものだ。

「中央郵便局が建てられたのは、その浄化槽法ができてからです。だから、排泄物はいったん、浄化槽に溜まる。最近では、し尿と生活雑排水の両方をあわせて処理する合併処理浄化槽が増えてますが、十年以上前に建てられた設備ならば、し尿だけを単独で処理する単独処理浄化槽でしょう。ある意味、さらいやすい」

増田は佐方の知識の深さに、いまさらながら感心する。福村も納得した様子で、何度も肯きながら聞いている。

つまり——と言いながら、佐方はふたりの顔を見た。

「田所が手洗いに入った直後に浄化槽をさらい、破り捨てられた封筒や手紙を回収し、田所が郵便物を盗んでいるという補強証拠を、入手できるということです」

そこまで聞いて、増田は佐方が口にした、さらう、という言葉の真意を理解した。

増田は思わず口に手を当てた。佐方は簡単にさらうと言うが、排泄物が溜まっている浄化槽に入り、汚物まみれの紙片を掻き集めるなど、考えただけでも胃液がせり上がってくる。

だが、福村に臆《おく》する気持ちはないようだ。膝に手を置き、やります、と即答した。声に力がこもっている。

「私は郵便事業が円滑に行われるよう監視する郵政監察官です。目の前で犯罪が行われていると知りながら、証拠が摑《つか》めないため逮捕できず、悔しい思いをしてきました」

福村は身を乗り出して言う。

「証拠が手に入るなら、田所を逮捕できるなら、なんでもやります」

佐方は福村に向かって頭を下げた。

「よろしくお願いします」

浄化槽をさらうという発想をする佐方にも感心したが、やると即答した福村の熱意にも胸を打たれた。

「すみませんが、新しいお茶を淹れてもらえますか」

佐方が増田に頼む。ふたりのやり取りを呆然と見ていた増田は、慌てて返事をすると弾かれたように席を立った。

福村が地検を訪れた四日後、佐方に連絡が入った。田所が現金入りの郵便物を窃取している証拠を摑んだ、という福村の報告だった。

一報を入れたあと、アポイントを取って地検にやってきた福村は、検事室に入るとカバンからビニール袋を取り出した。ノートほどの大きさでファスナーがついている。中には切手大にちぎれた紙片が入っていた。白っぽいものもあれば、薄《う》っすら汚れているものもある。

福村は頰を紅潮させながら、応接テーブルの上に置いたビニール袋を指差した。

「これが証拠です」

佐方から浄化槽をさらうよう指示をされた福村は、普段以上に田所の行動に目を光らせていた。すると今日の午後、作業着のポケットになにかを入れた田所が、手洗いに行くと言い部屋を出た。田所が手洗いに入ったことを確認し、直ちに浄化槽をさらったところ、破り捨てられた封筒と手紙が見つかった。

「それが、これです」

福村は頑張った宿題を教師に手渡す子供のような顔で、佐方にビニール袋を差し出した。

佐方はビニール袋を受け取ると、四方から眺め、福村を見た。

「大変な作業を、よくやり遂げてくださいました。ありがとうございます」

福村は、当然のことです、と言いながらも、顔に喜びの笑みを浮かべた。

「これで田所を逮捕できますね」

出された茶を飲みながら、福村が嬉しそうに言う。だが佐方は、いや、と短く首を振った。

「まだです」

今日にでも田所を逮捕できると踏んでいたのだろう。福村は意外な返答に、驚いたように口を開けた。

「どうしてですか」

「これだけでは、田所が言い逃れをする懼《おそ》れがあるからです」

「言い逃れ……」

「この紙片を見せて、お前がやったんだろう、と問い詰めても否定されたらどうにもなりません。濡《ぬ》れているから指紋も出てこないでしょうし、自分は関与していない、と言われたらそれ以上、こちらは追及できません」

身体の力が抜けたのか、福村はソファの背にもたれた。力なくつぶやく。

「じゃあ、私がしたことは無駄だったんですか」

佐方は笑顔を見せて、沈んでいる福村を鼓舞した。

「そんなことはありません。これは立件するための補強証拠、いわば、田所が言い逃れできない確証を摑むための、重要な手掛かりです。やってもらったことは、決して無駄ではありません」

いまひとつ腑《ふ》に落ちない表情で、福村は佐方を見た。

「これから、どうしたらいいんでしょう」

佐方は目の前の茶托《ちゃたく》に手を伸ばしながら言った。

「まずは、掬《すく》い上げたこの紙片を復元してください」

茶を一口飲んで、福村を見る。

「もし、文字が消えて読めないときはご連絡ください。県警本部の科捜研に頼んでみます」

福村は肯いた。

「わかりました。できる限りやってみます。そのあとはどうしましょう」

福村は重ねて訊ねた。

「こちらからご連絡します」

「いつ頃ですか」

佐方は茶を飲み干すと、茶托に湯吞みを戻した。

「明日、遅くても明後日には」

わかりました、と答えると、福村は紙片が入ったビニール袋をカバンにしまい、肩を落として帰っていった。

ふたりだけになると、増田は茶托と湯呑みを片付けはじめた。佐方は検事席に戻り、上目遣いに宙を睨んでいる。

「福村さん、かなりがっくりきていましたね。直ぐにも逮捕できると思っていたんでしょうか」

増田の問い掛けに佐方は答えず、ぽつりとつぶやいた。

「増田さん、千円貸してもらえませんか」

「え？」

意味が摑めず、聞き返す。

「すみません。ちょっとぼんやりしていて……もう一度お願いできますか」

佐方は増田を見ると、今度ははっきりとした口調で言った。

「千円、貸してもらいたいんです」

増田は飲み残しの茶を乗せた盆を手にしたまま、呆然と佐方を見た。小学生や中学生ならまだしも、いい大人が千円に困るほど貧窮しているのだろうか。

「だめですか」

佐方は本気のようだ。

増田は盆をテーブルに置くと、慌てて背広の内ポケットから財布を取り出し、千円札を抜き出した。佐方は札を受け取ると、すみません、と詫《わ》びながら、背広の胸ポケットにしまい背を向けた。

増田は佐方の後ろ姿をじっと見つめた。

なにか事情があり、物入りなのだろうか。

増田は遠慮がちに声を掛けた。

「あのう……千円でいいんでしょうか。もう少しお貸しできますが」

振り返った佐方は髪の毛をくしゃりと掻き、笑顔を見せて言った。

「いえ、千円で結構です」

佐方は、ご心配かけてすみません、と軽く頭を下げる。

「とんでもない。差し出がましいことを口にしました」

増田は頭を下げると、盆を手にして検事室を後にした。

翌日、増田はいつもより一時間ほど早く出勤した。地検の就業開始時間は九時だが、昨日の帰りがけに佐方から、明日は用事があるので一時間早く出てきてほしい、と頼まれたのだ。増田が検事室に入ると、佐方はコートを羽織り、出掛ける準備をしていた。黒いトレンチコートもスーツ同様、よれよれだ。

佐方は増田が朝の挨拶をする間もなく、指示を出した。

「これから中央郵便局に行きます」

増田は驚いて訊ねた。

「なにをしに行くんですか」

今度は佐方が、不思議そうに増田を見た。

「なにって、郵便物紛失の件で」

用事というのはこのことだったのか。しかしなぜこんな時間に――。

増田は訊ねた。

「朝いちで送られてくる案件はどうするんですか。それにこんな朝早く、まだ郵便局は開いていないでしょう」

郵便局の窓口が開くのは九時からだ。いまは七時四十五分。郵便局はまだ閉まっている。

佐方は寝起きのままのような髪を、くしゃくしゃと掻いた。

「副部長には、緊急の調査ということで許可を取っています。郵政監察官にもすでに連絡してあります。窓口は閉まっていても、職員用の通用口から入れてもらえます」

佐方は底光りする目で増田を見た。

「田所を逮捕するつもりです。一刻も早く、田所が言い訳できない、確固たる証拠を摑まなければいけません」

増田は部屋の入り口に立ちつくした。

言い訳できない、確固たる証拠——と佐方は言うが、今日、現金が入った郵便物が投函されるとは限らないではないか。偶然を待つような捜査を、佐方はこれから毎日続けるというのか。

佐方はコートの袖をめくり、腕時計を見た。

「間もなく八時です。窓口は九時からですが、職員の勤務時間は違います。福村さんに確認したところ、午前七時に郵便内勤と集配の早出職員が出勤します。次いで集配の日勤職員が八時に出勤します。担当地域のポストに投函された郵便物が、中央郵便局に収集されてくるのは、一番早い便で八時半」

佐方は腕時計から、増田に目を移した。

「職員の作業は、八時半からはじまります。それに間に合うように行かなければいけない。急ぎましょう」


中央郵便局に着いたのは、八時十五分を過ぎた頃だった。建物の裏側にある、職員用駐車場に車を停める。

通用口に目をやると、福村が立っていた。福村は佐方と増田に気づくと、車に駆け寄ってきた。

「おはようございます。お待ちしてました」

昨日の帰り際の気落ちした様子とはがらりと違い、全身から覇気がみなぎっている。

「こちらからどうぞ」

福村は佐方と増田を、裏口から中へ通した。

福村のあとについて、リノリウム張りの長い廊下を歩いていく。福村は一階の突き当たりの部屋の前で立ち止まると、ここです、とドアを開けた。ドアに「監察官室」と書かれたプレートが掛けられている。

部屋は増田たちの検事室と同じくらいの広さで、机が二つ置かれていた。壁にはスチール製の書棚が設《しつら》えてあり、書類がびっしり詰まっている。

入り口寄りの机に、増田と同じくらいの歳の男性が座っていた。男性は佐方と増田が部屋に入ると、急いで立ち上がりぺこりと頭を下げた。

福村が男性を紹介する。

「同僚の大竹《おおたけ》です。手筈《てはず》はすべて伝えてありますから、ご心配なく」

福村は佐方と増田に、部屋の壁際に置いてあるソファを勧めた。

ソファの前に置かれている木製のテーブルの上には、ポータブルテレビほどの大きさのモニターが二台置かれていた。一台には職員が作業している様子が映し出されており、もう一台には手洗いの入り口が映っている。

「こちらのモニターに映っている映像が仕分け室の様子で、そちらが職員用トイレの映像です。手洗いの映像は、プライバシー保護のため、入り口付近しか映らないようにしてあります。しかし職員の出入りは、問題なく確認できます」

福村は窺うように、佐方を見た。

「これでよろしかったでしょうか」

佐方はモニターを眺めながら肯いた。

「充分です」

福村は安堵《あんど》の表情で、笑みを浮かべた。

「良かった。自分は機械に詳しくないので、上手く取り付けられるか心配だったんです。何度もテストを繰り返して、設置が完了したのは明け方でした。間に合って良かったです」

「ご苦労様でした」

佐方の労《ねぎら》いの言葉には心がこもっていた。福村は教師に褒められた生徒のような顔で嬉しそうに頭を下げ、とりあえずお茶を淹れてきます、と言って退室する。

モニター画面に映っている映像は、監視カメラで隠し撮りしているものだろう。福村は地検では、隠しカメラの存在にひと言も触れていない。増田は、緊張で身体を固くしたままの大竹に訊ねた。

「このモニターに映っている映像は、隠しカメラで撮っているものですよね。もともと、局内に設置されていたんですか」

大竹は、いいえ、と首を振る。

「昨日の夜、佐方検事からご連絡いただき、早急にとの指示を受けて、作業室と手洗いに設置しました。田所の動向をリアルタイムで監視する、とおっしゃって。これで奴が動くと同時に、こっちも対処できます」

増田はますます不安を覚えた。佐方は本当に、今日、田所を逮捕するつもりだ。だが、もし現金入り封筒がなく田所が動かなかったら、徹夜の作業が徒労に終わってしまう。仮に、隠しカメラが田所逮捕に役立つときがくるとしても、急《せ》かして作業させる必要があったのだろうか。

増田はおずおずと訊ねた。

「本当に今日、田所は動くんでしょうか」

増田の問いに佐方は、迷いのない声で答えた。

「動きます。必ず――」

四人は食い入るように、モニターを見つめていた。

佐方と増田と福村は応接用ソファに座り、大竹はふだん自分が使っている事務用の椅子を、テーブルの横に運んできて見ている。

一台目のモニター画面には、仕分け作業をする職員に混じって、田所が郵便物を郵便番号読み取り機にかけている姿が映っている。朝いちで収集されてきた郵便物だ。田所をひと言で表すならば、Lサイズの男、だった。背が高くでっぷりと太っている。汗っかきなのだろう。額の汗を拭きながら、慣れた手つきで、郵便物を読み取り機にかけている。

増田は壁にかかっている時計を、目の端で捉えた。十時半。監察官室に入ってから、二時間が経っている。田所にまだ、不審な動きは見られない。

田所が動くということは、犯罪が行われるということだ。事件が起きることを望むわけではないが、監視カメラまで設置して田所を捕らえようと身構えているこちらからすれば、早く動いてほしい、と切に願ってしまう。

福村も同じことを考えているようで、左膝を小刻みに揺らして、いまかいまかとモニターを睨んでいる。大竹もこの捕り物が気になるのだろう。通常業務の書類を捲《めく》りながら、ちらちらとモニターに視線を向けている。

普段と変わらないのは佐方だけだった。佐方はテーブルに肘をつき、顔の前で手を組んだまま、ぴくりとも動かない。無言でモニターを見つめている。

なにも起きないまま、さらに一時間が過ぎた。間もなく昼休みに入る。

福村が溜め息をつき「昼は近くの中華屋から、出前を取りましょう」と言って、席を立ち上がりかけた。その福村の行く手を、佐方が手で遮《さえぎ》った。

「動いた！」

佐方が小さく叫ぶ。

増田と福村は、モニターに顔がつくほど視線を近づけた。大竹も後ろから食い入るように覗いている。

「いま、作業着のポケットに封筒らしきものを入れました。右のポケットです」

福村が声を抑えて言う。仕分け室に聞こえるはずはないのに、誰もが小声だ。

増田は田所が着用している作業着の右ポケットに目を凝らすが、中が膨らんでいる様子までは見て取れない。田所はなに食わぬ顔で作業を続けていたが、五分ほど経つと、隣の職員に声をかけて部屋を出て行った。

「隣の職員に、なんて言ったんでしょう」

増田が小声で訊ねると、福村が答えた。

「きっと、手洗いに行ってくると断ったんでしょう。ほら、やっぱり！」

福村は二台目のモニターを指差した。画面には手洗いに入る田所が映っていた。

佐方が勢いよく立ち上がり、鼓舞するように声を張った。

「行きましょう！　浄化槽はどこですか」

「こっちです！」

叫びながら福村は、真っ先に部屋を飛び出した。佐方は「大竹さんは引き続きモニターの監視をお願いします！」と言い残して走り出す。増田も急いであとを追った。

福村は裏口から外に出て、建物の北側へ向かっていた。

福村に追い付き建物の角を曲がると、あたりが薄暗くなった。陽が当たらないためじめじめとしている。地面はコンクリート舗装ではなく、土がむき出しになっていた。

「ここです」

福村は地面を指差した。福村の指先には、マンホールよりやや大きめの、鉄製の蓋があった。勝手に開けられないように、南京錠がかかっている。蓋の下に浄化槽があるのだろう。

福村はズボンのポケットから、大ぶりの鍵がついているキーホルダーを取り出した。プレートに「浄化槽」と書かれている。

「開けます」

福村は佐方と増田の顔を見た。佐方が肯く。増田は息を詰めた。

浄化槽の蓋が開けられる。同時に中から水の流れる音が聞こえ、排泄物の強烈な臭気が漂う。

増田は息を止めたまま、浄化槽を覗き込んだ。中は畳二枚ほどの広さで、水面までは一・五メートルくらいありそうだ。壁に鉄製のはしごが取り付けられている。

空間は仕切りで三つに区切られていて、一番広いスペースに、汚泥のような茶褐色の液体が溜まっている。人の排泄物だ。他のふたつの狭いスペースに溜まっている液体は、消毒液かなにかだろう。

増田は顔を背け、止めていた息を口から大きく吐き出した。

「これを使ってください。気休めにしかならないかもしれませんが」

福村は増田と佐方に、未使用のマスクを差し出した。急いでマスクをつける。たしかに気休めだが、多少は臭いが遮られる感じがする。

佐方はマスクをつけると、福村を見た。

「すぐはじめましょう。急がないと、田所が破り捨てた郵便物の紙片が流れてしまう」

福村は肯くと、壁際に置いてあった大きなビニール袋を持ってきた。黒い袋の中には、釣り用の胸まであるゴム製のウェーダーと、肩まで届くゴム製の長手袋が入っていた。他には懐中電灯と、取っ手がついたプラスチックの大きなザルがあった。それぞれ二組ずつ用意されている。

増田は、はっとした。二組あるということは、二人が浄化槽の中に入り、排泄物に浸かりながら証拠品の紙片掬いをする、ということだ。一人は福村、もう一人は――。

増田は佐方を見た。佐方は地面に膝をつき、懐中電灯で浄化槽の中を覗いている。

増田は俯き、マスク越しに唇をきつく噛んだ。

もう一人は――自分しかいない。事務官は検察官の補佐役だ。事件の下調べをするのが、課せられた役目だ。自分が入らなければいけない。

増田は腹を決めた。

机の上で書類を整理したり、被疑者の取り調べを記録するだけが仕事じゃない。必要なら糞《くそ》に塗《まみ》れるのも事務官の仕事だ。

増田は顔をあげ、ゴム製のウェーダーに手を伸ばした。だが、取ろうとしたウェーダーを先に摑んだ者がいた。

佐方だった。佐方はすでに靴と上着を脱ぎ、準備を整えていた。手にしたウェーダーに素早く足を通す。

てっきり自分が中に入るものだと思い込んでいた増田は、呆然と佐方の様子を窺っていた。福村も事務官が入るものだと思っていたのだろう。ウェーダーに片足を突っ込んだままの姿勢で、目を丸くして佐方を見ている。

増田は我に返り、慌てて止めに入った。

「検事、なにをなさってるんですか。それは自分の役目です」

佐方は長手袋をはめながら、増田の目を見据えて言う。

「いえ、これは提案した私の役目です」

「そんな……それでは自分が困ります。どうか――」

増田は強硬に主張する。検事に嫌な仕事をさせて、ぼうっと突っ立って作業を見ていたとあっては、事務官としての立場がない。

そう言うと佐方は、目元に困ったような笑みを見せ、頭をくしゃっと掻いた。

「まあ、いいじゃないですか。早い者勝ちということで」

しかし――と、なおも食い下がる増田を手で制し、佐方は真顔で言った。

「時間がありません。急ぎましょう」

佐方が懐中電灯を手に取った。お先に、と福村に会釈し、鉄製のはしごを下りていく。

着替えを済ませた福村は、「たいした検事さんだ」とさも可笑《おか》しそうに笑うと、あとを追って浄化槽の中へ入っていった。

残された増田は、苦笑いしながら軽く溜め息をついた。地面に両膝をついて中を覗く。ふたりは黄土色の液体に腰まで浸かり、周囲を確認している。

福村が増田を見上げて、マスク越しに呼んだ。

「増田さん。そこにあるザルをください」

増田は急いでふたつのザルを手に取った。腕を伸ばし、中にいるふたりに手渡す。ザルを受け取った佐方と福村は、懐中電灯であたりを照らしながら、糞尿《ふん》混じりの液体を掬いはじめた。

作業をはじめて一分も経たないうちに、福村が叫んだ。

「ありました！　紙片が出てきました。まだ、新しいです」

続いて佐方も叫ぶ。

「こっちも出てきました」

佐方が福村に向けて言う。

「集められるだけ集めましょう。あとで復元しやすいように」

「了解です」

「それから、増田さん！」

佐方は増田を見あげた。急に呼ばれ、慌てて返事をする。

「なんでしょうか」

「掃除用のバケツかなにかに汲《く》んで、水を持ってきてもらえませんか。その水でいまから渡す紙片の汚れを、落としてほしいんです。くれぐれも慎重に。手荒く扱うと、紙が破れたり、文字が消えてしまう可能性がありますから」

福村が言い添える。

「バケツは裏口を入ってすぐの、手洗いの掃除用具置き場にあります。水は、いま増田さんがいる場所の左手に、水道があります。そこから汲んでください」

左を見ると福村の言うとおり、建物のそばに水道があった。

増田は「了解しました」と返事をすると、地面から立ち上がり駆けだした。

裏口から中に入り、手洗いから掃除用のバケツを持ち出す。浄化槽へ戻ると、水道の蛇口をひねりバケツに水を入れた。準備を整え、ふたりが掬いあげた紙片をザル越しに受け取った。

紙片を見た増田は、思わず顔をしかめた。濡れているだけで、きれいな状態のものもあれば、茶色い排泄物が付着しているものもある。

増田は奥歯をぐっと嚙みしめた。浄化槽に入っているふたりは、もっと辛い作業をしているのだ。汚れた紙片を洗い流すことくらい、中にいるふたりに比べればどうということはない。

増田は受け取った紙片を一枚一枚バケツの水に浸し、中で揺らしながら丁寧に汚れを落としていった。紙の大きさはばらばらで、手のひらに収まるくらいの四センチ角ほどのものから、文字が読みとれないほど細かい、一センチ角のものまである。

「汚れを落とした紙片は、どうしましょうか！」

浄化槽の中にいるふたりに向かって、増田は声を張りあげる。福村が増田を見あげた。

「ウェーダーが入っていた黒いビニール袋の中に、ティッシュと新聞紙、ファスナー付きのビニール袋が入っています。ティッシュで水気を取り、新聞の上で乾かしてからファスナー付きのビニール袋に入れてください」

福村に言われたとおり、増田は濡れた紙片をティッシュで挟み水気を吸い取ると、重ならないように一枚一枚、広げて新聞紙の上に置く。風がなくて幸いだった。

増田は右肘で左手の袖をたくし上げ、腕時計が見えるようにした。十二時十分。佐方と福村が浄化槽に入ってから、三十分以上経過している。作業をはじめてから十分ほどは、次々と紙片が発見されたが、その後はほとんど出てこなくなり、ここ十分ほどはなにも見つかっていない。増田は乾いた順から、ファスナー付きのビニール袋に紙片を収めた。

いつまで作業を続けるのだろう、と思いはじめたとき、ふたりが鉄製のはしごをつたって地上に出てきた。

佐方と福村は先ほどバケツに水を汲んだ水道で、手袋とウェーダーを、身に着《つ》けたまま洗いはじめた。ふたりが洗い終えて着替えをはじめると、増田はザルを手に取り、洗い場に向かった。ゴム手袋はないが、水でよく洗いあとで消毒液を使えば大丈夫だろう。

ウェーダーと手袋を脱ぐと福村は、呻《うめ》き声を上げながら腰に手を当て、胸を反《そ》らせた。長時間かがんで作業をしていたので、腰が辛かったのだろう。

福村が、ふううっと大きく息を吐く。姿勢を戻すと地面にしゃがみ、浄化槽の蓋に鍵をかけた。

ズボンとワイシャツ姿になった佐方は、マスクを外しながら増田に訊ねた。

「紙片はどのくらいの量になりましたか」

増田は地面に置いてあったビニール袋を指で摘《つま》み上げ、佐方に見せた。

「これくらいです。だいぶ掬えましたね」

ビニール袋の中には、繋ぎ合わせれば便箋数枚分になりそうなほどの紙片が入っていた。浄化槽に流れ込んできてからすぐに掬いあげたため、汚れがあまり染み込んでいない。文字も、読み取れる部分が多い。このぶんだと宛先や差出人を、特定できる可能性は高い。

佐方はビニール袋を受け取ると、顔を近づけて四方から眺めた。そして大きく肯くと、福村をひたと見据えて言った。

「田所を窃盗の現行犯で逮捕してください。急いで」

福村が息を呑み、はい、と短く返事をする。と同時に、全速力で駆けだした。

同じ姿勢での長い作業は、佐方も辛かったのだろう。肩に手を置き、首をぐるりと回している。佐方を見ながら、増田は考えた。

先日、福村が地検に浄化槽から掬った紙片を持ってきたとき、佐方は「これだけでは田所が言い逃れをする可能性があるから逮捕できない。もっと確証を摑まなければ」という意味のことを言った。

先ほど佐方は自信を持って逮捕するよう指示したが、さっき掬いあげた紙片と、先日の紙片の、なにが違うのか、増田にはわからなかった。紙片を見せて「お前がやったんだろう」と迫っても「自分ではない」と否定されてしまったら、佐方はどうするつもりなのだろうか。

自分が仕える担当検事はいったい、なにを考えているのだろう。増田の視線に気づいた佐方は、もういちど首を回すと「私たちも行きましょう」と言って歩き出した。

監察官室のパイプ椅子に座る田所は、モニターで見たときよりもひと回り小さく見えた。猫背の姿勢が、そう見せているのかもしれない。落ち着かない様子で、腹の前で組んだ指をせわしなく動かしている。

「あの、私はなぜここへ呼ばれたんでしょうか。食事の途中だったのですが」

田所は隣に立っている福村に訊ねた。田所は福村が探しに行ったとき、自席で愛妻弁当を食べていたという。

福村は上から田所を見下ろし、逆に問い返した。

「なぜ呼ばれたのか、心当たりはないですか」

田所は福村の問いには答えず、ソファに座っている佐方と増田を見た。

「この方たちはどなたですか」

増田はテーブルの向かいにいる田所を見ながら答えた。

「私は米崎地検・検察事務官の増田と言います。こちらは同じく米崎地検の、佐方検事です」

こちら、と言いながら増田は佐方を見た。

検事、という言葉に、田所の顔色が変わった。佐方の上着の襟についている、秋霜烈日バッジに気づいたようだ。眉間に皺を寄せ、親指の爪を噛みはじめる。

「その検事さんが、私になんの用でしょう」

「しらばっくれるな！」

突然、福村が叫んだ。長年耐えていた、堪忍袋の緒が切れたのだろう。

「これを見ろ」

福村はテーブルの上に置いてある二台のモニターを、田所に向けた。

録画テープを巻き戻し、田所が作業着のポケットになにか入れる様子が映っている画面を出す。

「これだよこれ。お前は郵便物を作業着のポケットに入れた。そして――」

続いて福村は、もう一台のモニターのテープを巻き戻し、田所が手洗いに行く様子が映っている場面を見せた。

「手洗いの個室に入り、郵便物の中に入っていた現金を抜き取った。そうだろう！」

モニターの画面をじっと見ていた田所は爪を嚙むのをやめると、急に落ち着きを取り戻し椅子の背にもたれた。

「証拠はあるんですか」

「証拠はこれだ」

福村は先ほど浄化槽から掬いあげたばかりの紙片が入った透明なビニール袋を、田所の鼻先に突きつけた。田所は眉間に皺を寄せると、ビニール袋から目を逸《そ》らし、顔を背けた。

「なんですか、これは」

「お前が手洗いに入った直後に、浄化槽から掬った紙片だ」

田所は芝居がかった態度で、大きな溜め息をついた。

「ポケットに入れたのは、郵便物に紛れ込んでいた店のチラシです。誰かが間違って、ポストに入れたんでしょう。結構あるんですよ、郵便物以外の投函物が。旅先で撮ったと思われる写真が入っていたり、店のポイントカードが入っていたり。ああ、ポケットティッシュが入っていたこともありました。監察官は現場作業したことがないから、ご存じないでしょうけれど」

福村の顔が怒りで、耳まで赤く染まった。

「じゃあ、これはどう説明するんだ。お前が手洗いに入った直後に、浄化槽に流れてきたんだぞ。お前が流したんじゃないのか」

福村は紙片が入ったビニール袋を田所に突きつけた。田所は余裕の表情で、困ったように猪首《いくび》を振った。

「局内にいくつ手洗いがあると思うんですか。一階に二ヶ所、二階にも二ヶ所。合計四ヶ所の手洗いがあるんですよ。私が入ると同時に、別な手洗いに誰かが入って流したんじゃないんですか。なんにせよ、濡れ衣《ぎぬ》もいいとこです」

福村の顔がますます赤くなる。続くべき反論が口から出てこない。血走った目で悔しそうに、田所を睨みつけている。

田所は、増田と佐方を目の端で見た。

「検事さんも大変でしたね。糞さらいまでして調べたのに、無駄骨だったなんて」

福村は救いを求めるような目で、佐方を振り返った。佐方は顔の前で手を組んだまま動かない。黙って田所の言い分を聞いている。

田所は椅子から立ち上がると、三人を眺めた。

「じゃあ、食事に戻らせてもらっていいですか。休憩時間が終わってしまう」

田所がドアへ向かう。その背中を、佐方が呼び止めた。

「もう少し、ここにいていただけませんか。田所さん」

田所は佐方を振り返った。

「時間はとらせません。そうですね、十分もあれば済むでしょう」

お願いします、そう言って佐方は目だけで田所を見た。

増田は息を呑んだ。佐方の目には、鋭利な刃物のような鋭さがあった。田所も佐方の気迫に圧《お》されたのだろう。一瞬、顔に怯《おび》えたような色が浮かんだ。だが、すぐにふてぶてしい表情に戻り、もとの椅子に腰掛けた。

佐方は顔の前で組んでいた手を外すと、田所を見た。

「財布の中身を出してもらえますか」

「え?」

田所の顔に赤みが差す。

「中身を、ですか……」

田所が躊躇いがちに訊き返す。佐方は肯いた。

「小銭はいりません。札を出してください」

ここに、と言いながら佐方はテーブルを指先で小突いた。気は進まないが仕方がない、とでもいうように、田所はのろのろと作業着のファスナーを下ろすと、内ポケットから二つ折りの財布を取り出した。

テーブルの上に、一万円札三枚と千円札を五枚並べる。佐方は上着のポケットから薄手の白手袋を取り出して両手にはめると、八枚の札を手に取った。順番に眺め、その中から二枚の一万円札をテーブルの中央に置き、残りを田所に返す。

「この二枚が、動かぬ証拠です。指紋がつきますから触らないように」

増田と福村と田所は、テーブルに置かれた二枚の一万円札に顔を近づけた。いつのまにか大竹も、田所の後ろからテーブルを覗き込んでいる。

増田は二枚の一万円札を穴が開くほど見つめる。どこから見ても、普通の一万円札だ。これのどこが動かぬ証拠なのだろう。

佐方は内ポケットから茶封筒を取り出し、中から一枚の写真を出した。

「これを見てください」

佐方が札の隣に写真を置く。見ると、新聞の上に置かれた二枚の一万円札がアップで写っている。

「そこに写っている万札の、紙幣番号を見てください」

増田は写真に顔を近づける。一枚はＨＥ８９２７４６Ｍ、もう一枚はＭＶ３４３３８９Ｃと印刷されている。

次に、と言って佐方は福村の手元を指差した。

「先ほど田所さんが財布から出した万札の紙幣番号を見てください」

増田と福村は頭をつけるようにして、テーブルの上の写真と一万円札を見比べた。

福村が驚きの声を上げる。

「こ、これは」

増田は逆に声が出なかった。

写真に写っている札の番号と、田所が持っていた一万円札の札番号は同じだった。何度も見直すが間違いない。一文字たりとも違っていない。まるでテーブルマジックを見ているようだ。

増田は隣に座っている佐方を見た。

「いったい、どういうことですか」

「では、はじめましょう」

佐方が種明かしでもするように言う。

「福村さん、大きな紙とピンセットのような、摘めるものを貸してもらえませんか」

意外な要求に、福村は目を丸くした。

「ありませんか」

佐方が再度、訊ねる。

「あ、いや、あります。すぐ用意します」

福村はスチール製の書棚から、郵便局の宣伝用ポスターを取り出し、自分の机の引き出しからピンセットを持ってきた。

「これでいいですか」

「結構です」

佐方はポスターとピンセットを受け取ると、テーブルの上にポスターを裏返しにして広げた。その上にビニールの中の紙片を出す。佐方は紙片をピンセットで摘むと、一枚一枚、繋ぎ合わせはじめた。誰も口を開く者はいない。みな無言で、佐方の手元を見つめている。

三分後、紙片が復元された。破られた紙片は、一枚の封筒だった。

油性のボールペンで書かれたのだろう。文字は比較的はっきりと読みとれた。

増田は表に書かれている宛先を読んだ。そこに書かれている名前に目を疑う。封筒の表には、米崎地検の官舎の住所と、佐方の名前が書かれていた。

「これはどういうことですか」

増田は佐方に訊ねた。佐方は増田の問いに答えず田所を見据えた。田所の額には、薄っすら汗が滲んでいる。

「この万札は早朝、私が自分宛ての封筒に入れて、中央郵便局のポストに投函したものです。その金が、どうして田所さんの財布から出てきたのか。答えはひとつ。田所さんが、私が投函した封筒から、現金を抜き取ったからです」

「違います！」

田所は即座に否定した。

「その札は昨日から、私が持っていたものです」

「昨日から、ですか」

佐方が繰り返す。田所は、ええ、と言って肯いた。

「私は昨日から、万札を使っていません。だから、この札が昨日から私の財布に入っていたことに間違いありません。どういう手を使ったのかわかりませんが、逆に私が知りたいです。どうして私の財布の中にあった札の写真が、ここにあるのか」

佐方は視線をテーブルに落としたまま、写真を田所へ差し出した。

「写真に札と一緒に、新聞の端が写っていますよね。そこを見てください」

田所は、新聞がなんなんだ、とでも言いたそうな表情で写真を見た。田所の顔色が見る見る変わる。写真を持つ指先は震え、額にじっとりと汗が滲んできた。

「なんなんです。なにが写っているんです」

呆然としている田所の手から、福村が写真をひったくった。写真を見た福村は、大きく目を見開いた。口を開いたまま、写真を食い入るように見つめている。その口から、ははっ、という笑い声が漏れた。

「ははっ、はははは！」

福村の高笑いが、部屋中に響いた。福村はひとしきり笑うと、テーブルに音を立てて両手をつき、田所に鼻先を突きつけた。

「これでも、まだ昨日、自分の財布にこの札があったって言い張るのか！」

いったい、写真の中の新聞になにが写っているのだ。増田は福村がテーブルに置いた写真を見た。

写真には、新聞の日付が写っていた。日付は今日のものだった。写真に写っている新聞は、今日の朝刊だ。

増田はここにきてやっと、佐方が田所に仕掛けた妙計に気がついた。

この写真は、今朝には二枚の一万円札が、確かに佐方の手元にあったという明確な証拠だ。これでもう田所は、言い逃れできない。

佐方はテーブルに目を落として言った。

「指紋が上手く検出できれば、この二枚の札には、私の指紋の上に田所さん、あなたの指紋が重なっていることでしょう」

佐方は顔をあげると、手袋を脱ぎながら田所を睨みつけた。

「田所健二。窃盗の現行犯で逮捕する」

外に出ると、佐方は裏口に停めてあった車の前で、大きく伸びをした。

「いやあ、辛かった」

増田は労《いたわ》るように佐方を見た。

「本当にお疲れ様でした」

人の排泄物に塗れる作業など、誰が好き好んでするものか。だが、佐方は自ら率先して浄化槽に入った。罪を立件するためならなんでもするというプロ意識の高さに、頭が下がる。

佐方は上着の内ポケットからハイライトとライターを取り出し、一本だけいいですか、と増田に訊ねた。どうぞどうぞ、と増田が言うと、佐方は煙草をくわえて火をつけた。深く吸い込み、煙を大きく吐き出す。

「ああ、やっと落ち着いた」

佐方は美味そうに煙草を吸いながら、増田を見た。

「郵便局の中はすべて禁煙でしょう。今回は、一刻の猶予もない捕り物です。外で一服しているあいだに証拠を隠蔽《いんぺい》されてしまったら、せっかくの仕掛けが無駄になりますから、外で吸う暇もない。いやあ、辛かった」

増田は呆然と佐方を見た。辛いと言ったのは、浄化槽掬いではなく、ニコチン切れのことだったのか。ニコチン切れより浄化槽掬いの方がよほど辛いと思うが、佐方にとっては逆なのだろう。

増田の視線に気づいたのか、佐方はばつが悪そうに頭をくしゃくしゃっと掻いた。

「増田さんは煙草を吸わないからわからないでしょうけれど、吸えないと結構きついんですよ、これが」

佐方は吸い終わった煙草を愛《いと》おしそうに、携帯灰皿で揉《も》み消した。増田は思わず噴き出した。

「思う存分吸ってください。二本でも、三本でも」

「では、お言葉に甘えて」

佐方は笑いながら、二本目のハイライトを取り出した。

その日の夜、増田が自分のアパートに帰ると、郵便受けに一通の手紙が届いていた。誰からだろうと思い、封筒を裏返した増田は驚いた。差出人は佐方だった。いったい、なにを送ってきたのだろう。封を切ると、中には千円札と便箋が一枚入っていた。便箋には「お借りした千円です。ありがとうございました」と書かれていた。
あのときの——。

増田は昨日、佐方に千円貸したことを思い出した。今日の逮捕劇で、すっかり忘れていた。

増田はスーツを脱いで、部屋着に着替えた。台所に行き、冷蔵庫から缶ビールを取り出す。缶に直接口をつけて、ビールを喉の奥に流し込む。痛いくらいの刺激が、胃に落ちていく。

茶の間に戻ると、帰る途中に立ち寄ったスーパーで買った総菜を、テーブルに広げた。鶏のからあげに箸をつけながら、増田は佐方が送ってきた封筒を手に取った。

佐方はどうしてわざわざ、手紙で金を返してきたのだろう。職場で顔を合わせるのだから、手渡しでいいではないか。

不思議に思いながら、消印を見る。消印の日付は、今日のものだった。扱いは中央郵便局になっている。増田は、佐方が自分自身に宛てた手紙を、朝いちで中央郵便局のポストに投函した、と話したことを思い出した。

そうか、そういうことだったのか――。

増田は納得しながら、大きく息を吐いた。

佐方は今朝、二通の手紙を出していたのだ。一通は自分宛て、もう一通は増田宛てだ。同じ市内なら朝いちの手紙は、当日に届く。

もし、現金の入った手紙が一通だけだったら、田所が見逃す可能性がある。だが二通あれば、どちらかには気づくはずだ。二通とも見逃すとは思えない。佐方は確実に田所を逮捕するため、おとりの郵便を二通分、用意していたのだ。

佐方が着ていた上着の内ポケットには、万札の写真の他に、この千円札が写っている写真もあったのだろう。

増田は千円札を両手で持つと、床に仰向《あおむ》けに寝ころんだ。事件解決にかける佐方の執念に、感嘆の息を漏らす。

「参りました。佐方さん」

増田は手元に帰ってきた千円札を眺めながら、声に出して言った。

田所を逮捕した三日後、福村が地検を訪れた。

検事室のソファに座る福村は、顔に満面の笑みを浮かべていた。

「今回の件では、本当にご迷惑をおかけしました。お詫びするとともに、深くお礼申し上げます」

福村ははじめてこの部屋を訪れたときのように、深々と頭を下げた。

「ところで、田所はどうしてます」

福村が訊ねる。

逮捕後、田所は福村に引き渡され、取り調べのうえ米崎中央署に留置された。翌日、容疑が固まったとして福村は田所の身柄を地検に送致した。田所の事件を配点されたのは佐方だった。事件の発端から逮捕までの流れを一番よく知っている人物だし、これは半ば佐方の独自捜査だ、というのが筒井の意見だった。

田所は郵政監察官の調べに対し、佐方が投函した封筒と、その前に福村が浄化槽から掬った封筒の二件の窃盗は認めたが、他の紛失した郵便物に関しては否認していた。

田所についた弁護士は刑事訴訟法六十条一、三項を挙げ、佐方の勾留《こうりゅう》請求に異を唱えた。被疑者は住所不定でもなく、逃亡の惧れもない。被害金額が少ないことを鑑《かんが》み、釈放し在宅で任意の取り調べを続けるべきだ、というのだ。

だが、裁判所は弁護士の申し立てを一蹴した。被疑者が犯した罪は長期間にわたる悪質な職務犯罪の可能性が高く、他にも同様の窃盗事実があると思われる。いま、釈放すれば、証拠隠滅を図る惧れがあり、他の窃盗事実を見逃してしまう可能性がある、と棄却の理由を述べた。

「そんなわけで、いま田所は中央署の留置場にいます。勾留期間中に余罪を追及し、ひとりでも多くの被害者に被害弁償ができるようにしたいと考えています」

佐方は増田の淹れた茶を飲みながら、そう福村に説明した。

被害者といえば、と口にしながら福村は出された茶に手をつけた。

「私がここに持ち込んだ紙片があったじゃないですか。あの紙片を復元したところ、封筒から差出人が判明しましてね。昨日、お詫びに伺ってきました」

　福村の話によると、差出人は市内に住む七十歳近くになる老夫婦だった。名前は島《しま》本源治《もとげんじ》と清子《せいこ》。手紙の宛先は、結婚して東京に住んでいるひとり息子だった。

　この春、息子夫婦の子供が、小学校に入学した。島本夫妻は、孫に入学祝いを贈りたくて、封筒に現金を入れて投函した。

　島本源治は、地元で長く新聞配達所を営《いとな》んでいた。しかし、景気が悪くなるにつれて契約が減り、人を雇う余裕がなくなった。自分たちももう歳だ。ふたりだけで、新聞にチラシを挟む作業から配達までこなすことはできない。そんなこんなで、三年前に店を閉じた。夫婦ふたり、年金で慎ましく暮らしている。

　一方、息子の嫁の実家は裕福だった。父親は一流商社の役員で、母親は茶道の師範をしている。嫁の実家は孫が生まれたときからお食い初《ぞ》めだ七五三だと、事あるごとに服やベビーカーなどの祝いを贈っていた。だが、島本夫妻に、そこまでする経済的余裕はなかった。貯金もなくわずかな年金だけが収入源だ。孫になにかしてやりたくても、自分たちが暮らしていくだけで精一杯で、なにも贈ってやれなかった。

　だが、この春、孫が小学校に入学するにあたり、どうしてもなにか祝いをしてやりたかった。そこで、年金をもらうたびに千円ずつ貯めて蓄えた一万円を、封筒に入れて送った。

土下座をして今回の不祥事を詫びる福村に、妻の清子は「送ってもなんの連絡もねえがら、額が少なくて気を悪ぐしたんじゃねえが、なんて考えていだどごでした。届いでねがったんだがら、連絡があるはずないですよね。来年になっけどもまた金貯めで、もう一度、送ってやります。こんどは現金書留で」と現金を普通の封筒で送った自分たちにも落ち度がある、と逆に頭を下げたという。

「その話を聞いて、胸が痛みましてね。田所にはあとできっちり弁済させますが、島本夫妻にはとりあえず自分が立て替えて、一万円置いてきました」

福村は両手で湯呑みを包みながらつぶやいた。

「手紙にはいろいろな人の、様々な思いが込められています。私たちが扱っているのは単なる紙きれではありません。人の気持ち、心です。そのことを再度職員たちに伝え、二度とこのような事件が起きないよう指導していきます」

増田は深く肯いた。だが、佐方はなにも答えない。前屈みになったまま、ぼんやりと宙を見ている。なにか考え事をしているようだ。

増田が声をかけると、佐方ははっとして顔をあげた。

「ああ、そうですね。今後このようなことがないように、きっちり指導してください」

福村は自信を見せて答えた。

「任せてください」

福村が帰ると佐方は増田に、ちょっと一服してきます、と断り検事室を出て行った。


屋上のドアを開けた佐方は、身体に腕を回して身震いした。四月とはいえ、風はまだ冷たい。だが、風の中にわずかながら、若芽の匂いが感じられる。

佐方はフェンスに寄りかかると懐から煙草を取り出し、風で火が消えないようにライターを手で覆いながら火をつけた。

遠くの空を眺めながら、佐方は先ほどの、島本夫妻の話に思いを馳せた。

両親を亡くした佐方は地元、広島の高校を卒業したあと、奨学金を得て北海道大学に進学した。大学在学中、広島の片田舎に住む父方の祖父母からときどき手紙が届いた。中には、身体を心配する手紙と一緒に、いつも皺だらけの五千円札が入っていた。

祖父母は農業を営んでいる。だが土地持ちというわけではない。狭い田畑を耕し、自分たちが食べるくらいの米や野菜を作って暮らしている。祖父母も島本夫妻同様、裕福な暮らしをしてはいない。それは大学時代もいまも変わらない。

小さながま口に、札を幾重《いくえ》にも折り畳んで入れていた祖母の姿が、目に浮かぶ。取り出した札は、いつも皺くちゃだった。

金が届くたびに公衆電話から「もう金は入れんでええけん」と断ったが、祖父母は「司法試験の勉強をするんじゃ、なにかと物入りじゃろう」と、送金を止《や》めなかった。皺くちゃの五千円札を目にするたび、佐方の目頭は熱くなった。

送金は佐方が司法試験に合格するまで続いた。

紛失した郵便物に現金が入っていたのではないか、と推測したのは、紛失届が春先に集中していたこともあるが、佐方自身の体験があったからだ。佐方の祖父母も現金書留ではなく、普通の封筒を使っていた。現金書留で出すためにかかる手数料すら、節約するような暮らしをしていたのだ。

佐方は煙草の煙を深く吸い込んだ。

胸の中で広島の祖父母と、島本夫妻が重なる。

検事に任官してから忙しさにかまけて、あまり連絡を取っていない。たまには電話してみようか。

佐方はいや——と、心の中で首を振った。

電話もいいが、この土地の美味いものを送ってやろう。手紙を添えて。

手紙の出だしはなんと書こう。堅苦しいが「前略、ご無沙汰しています」が無難なような気がする。

頭をくしゃくしゃと掻く。

いざ、手紙を書くとなると、なにを書いていいのかわからない。気恥ずかしくもある。

だが――

福村が検事室のソファでつぶやいた言葉が蘇《よみがえ》る。

――私たちが扱っているのは単なる紙きれではありません。人の気持ち、心です。

佐方は空を仰いだ。

薄水色の空に、煙草の煙がまぎれて消えていく。

たまには心を送るのもいいだろう。地元出身の増田なら、この土地の名産品を知っているはずだ。検事室に戻ったら、訊《き》いてみよう。柄《がら》でもないことをして、祖父母を驚かせるのも面白い。

佐方は備え付けの灰皿で煙草を揉み消すと、屋上のドアへ向かって歩きはじめた。

「心を掬う」は佐方貞人シリーズの短編六話目にあたります。

現在（2014年3月）本シリーズは、検事を辞めた佐方が弁護士として活躍する『最後の証人』（宝島社文庫）、佐方の検事時代を描いた『検事の本懐』（宝島社文庫）と『検事の死命』（宝島社）がありますが、本作品は検事時代の佐方を描いているので、時系列でいえばシリーズ一冊目の『最後の証人』より以前のものとなります。

時代を多少旧めに設定しているのは、上記のような事情でのこととご理解ください。佐方シリーズは、これからも書き続けていこうと思っています。書店で見かけたときは、どうぞ手に取ってみてください。どうぞよろしくお願いいたします。

柚月裕子

吉川英梨

『18番テーブルの幽霊』

吉川英梨（よしかわ・えり）

1977年、埼玉県生まれ。第３回日本ラブストーリー大賞エンタテインメント特別賞を受賞、2008年に『私の結婚に関する予言38』にてデビュー。他の著書に『アゲハ　女性秘匿捜査官・原麻希』『スワン　女性秘匿捜査官・原麻希』『マリア　女性秘匿捜査官・原麻希』『エリカ　女性秘匿捜査官・原麻希』『ルビイ　女性秘匿捜査官・原麻希』（以上、宝島社文庫）がある。

事件発生九十分前：午後六時　リストランテ・オラツィオ

「いらっしゃいませ、リストランテ・オラツィオへようこそ」

原健太《はらけんた》がイタリアンレストラン、リストランテ・オラツィオの玄関扉に手をかけると、入り口に立っていた支配人が先に扉を開けた。黒のスーツを着た支配人のそのかしこまった雰囲気に、パーカーにジーンズ姿で来店したことを、健太は少し後悔した。

「ばかね、健ちゃん。自分で扉を開けようとしなくていいの。こういうところはね、お店の人がなんでもやってくれるから、ナプキンだって自分で拾わなくていいのよ」

健太の妹、菜月《なつき》が知ったかぶりで言う。すると支配人は膝をつき、菜月と目線を合わせながら言った。

「よくご存じですね、お嬢ちゃん。いま、いくつかな？」

「八歳よ。子供扱いしないで」

菜月の返答に面食らった様子の支配人の後方から、明るい声が聞こえてきた。

「よーう、健太。ひっさしぶりだな。よく来た！」

ギャルソンの瀬名幸治《せなこうじ》だった。彼は黒い前掛けをきゅっと腰に巻き付け、白いワイシャツの襟を立てている。

「健太、お前、中学んときとぜんっぜん変わんねぇなぁ！　本当に二十六歳になったのかよ」

再会早々失礼なことを言う奴だ、と健太は思いつつ、とりあえずヘラヘラ笑って見せた。

健太が十数年ぶりに中学時代のクラスメイトである瀬名から連絡を受けたのは、十日前のことだった。瀬名と会うのは中学校卒業以来だ。元来、人付き合いが苦手な健太は、中学校の同窓会などにも顔を出していなかった。

健太と菜月を窓際の四人席へ案内しながら、瀬名は言った。

「そういえば今晩の主役、警視庁の敏腕オンナ刑事の姿がないけど……」

「ああ、麻希《まき》ちゃんなら急な家宅捜索が入ったとかで」

「おいおい、お前、継母《ままはは》のこと〝麻希ちゃん〟なんて呼んでるのかよ」

「年齢が十歳しか離れてないから、お母さまなんて呼べないよ」

「ふうん。それでこんな年の離れたかわいらしい妹が？」

瀬名が菜月の頭に手を置いて言うと、菜月は子供扱いされたことに不服そうな顔をしながらも、黙って頭をなでられていた。

健太の継母であり菜月の実母である原麻希は、警視庁の鑑識課員である。結婚前は佐藤《さとう》麻希といういたって普通の名前だったが、健太の父親である原則夫《のりお》とできちゃった結婚をしてからは、警視庁内ではもっぱら〝ハラマキ〟とフルネームで呼ばれていた。

麻希は昇進にはまったく興味がなく、休日は一人娘の菜月とエステに通うことを楽しみとしていた。ちまちま貯めたお金で流行《はや》りの洋服を買い、週に一度は話題の店で美味《おい》しい食事をするなど、一見、普通の主婦のような生活をしている麻希だが、過去には捜査一課にいたこともあり、刑事としては優秀だという評判もある。

そこで、健太の継母が警視庁の刑事だということを人づてに聞いた瀬名が、ここ一カ月レストランを悩ませている〝幽霊事件〟を解決してほしいと健太に依頼してきたのだ。

当初、面倒そうな顔をしていた麻希だったが、瀬名の勤めるレストランがリストランテ・オラツィオだと聞いて、話に乗ってきた。その店は、某有名店から日本一のパティシエを引き抜き、「ドルチェが美味しいイタリアンレストラン」としてもっぱらグルメ雑誌をにぎわせていた。

レストラン内はシンプルな造りで、窓辺には、器に詰められたカラフルなリボンパスタや、しゃれた柄の瓶に入ったオリーブオイルなどがセンスよく飾られていた。バーカウンターや二人席、四人席を合わせて、席は全部で五十席ほどあった。

その日は火曜日だったが、人気店というだけあって、すでに八割ほどのテーブルが埋まっている。瀬名はドリンクメニューを健太と菜月に差し出しながら、言った。

「とりあえず飲み物だけ頼む？　敏腕オンナ刑事が来るまでオーダー待とうか？」

「でももし大きな事件だったら、ここに来るどころか、また何日も帰ってこないよ」

菜月が口をすぼめて言うと、健太が優しく笑って答えた。

「いや、窃盗の容疑者の家宅捜索にちょっと行くだけだと言ってたよ。しかも現場が千歳烏山《ちとせからすやま》らしいから、今日は早いんじゃないかな」

リストランテ・オラツィオは東京都調布市《ちょうふし》の東端にあり、京王線仙川《けいおうせんせんがわ》駅から徒歩五分の立地にある。仙川駅のひとつ隣の駅が世田谷区の千歳烏山駅なので、ちょうどこのあたりは世田谷区と調布市の境目と言ってよい。

「なんだ、窃盗事件か。案外、実際の警察の仕事っていうのは地味なもんなんだね」

瀬名の言葉に苦笑しつつ、健太はさっそく本題に入った。

「で、例の〝幽霊に呪われたテーブル〟ってのは、どこなのさ」

瀬名はにっこり笑って、健太と菜月が座るテーブルを指差した。

「ここ。この十八番テーブルだよ」

事件発生八十分前：午後六時十分　世田谷区千歳烏山

「へえ、お化けが出るイタリアンレストラン、ですか」

溝口麗華《みぞぐちれいか》は鑑識課のワゴン車から現場に降り立ちながら、あとに続く原麻希に向かって言った。溝口は、三十六歳になる麻希よりもひと回り年上の、ベテラン鑑識課員だ。丁寧な性格からか、なぜかいつも年下の麻希にも敬語を使っている。見た目がふくよかな溝口の後ろにいると、小柄で細身の麻希はすっぽり隠れてしまう。

「そう。ここ一カ月、毎週火曜日の午後六時から八時に十八番テーブルを指定する予約が必ず入るんだって。予約名はバラバラで、予約方法も電話やファックスだったり、インターネットだったり。だけど、客が現われたことは一度もなくて、予約時に聞いた電話に折り返しかけてみても、全部でたらめだったらしいの」

残業で窃盗犯の家宅捜索に駆り出されることになった麻希は、少しふてくされた様子で、鑑識課の帽子を指先でくるくる回しながら答えた。反対側の手には鑑識課のロゴが入ったアタッシェケースを持っている。春の夜独特の、生ぬるくてくすぐったい風が麻希の頬をなでる。

「それはなかなかの謎ですね。しかし警察に被害届を出すほどでもないから、知り合いの警察官に解決を依頼してきた、というわけですか」

「なんかおもしろそうでしょ。しかも、幽霊騒ぎを解決したら高級イタリアンをタダで食べさせてくれるって言うんだから――あ～、おなかすいた」

　麻希は帽子をかぶり、いまにも鳴り出しそうなおなかを押さえて、あらためて現場を見上げた。

　そこは世田谷区千歳烏山の住宅街にある古びた二階建ての木造アパートだった。一階の南側の角部屋が、工科大学の倉庫から大量の火薬を盗んだ容疑者の住居だ。

「それにしてもラッキーだったわ。そのイタリアンはここから電車でひと駅のところなのよ。とっとと家宅捜索終えてお店に直行しなきゃ」

「そんな格好でですか」

「もちろん、正装用のワンピ、持参してきてるわよ」

　そのとき、騒がしくサイレンを鳴らしながらパトカーが到着した。アパート前の狭い路地には、数台のパトカーのほかに、爆弾処理班の特科車両や消防車両まで集まっている。

「すごい騒ぎね。爆弾処理班まで来るなんて」

「犯人は被害のあった工科大の優秀な研究生らしいですよ。爆弾のひとつやふたつ作るのはお手のもの、しかも論文の推薦を巡ってもめていた教授を、〝爆弾で吹き飛ばしてやる〟とかなんとかって脅迫していたようですからね」

容疑者の住む部屋の前には捜査員たちの人だかりができている。

玄関先では容疑者である御手洗恒之《みたらいつねゆき》が、捜査員を前に慌てた様子で立っている。つい十数分前に帰宅したところを警察に急襲され、上下ジャージ姿のまま、坊主頭をせわしなく掻《か》いていた。

御手洗の部屋は、男性の一人暮らしにしては整理整頓が徹底されていて、テーブルの上にはテレビ、エアコン、照明のリモコンが、背の高い順に右から等間隔で並べられている。逮捕状を読み終えた刑事が手錠を御手洗の手首にかけようとすると、それまで大人しく聞いていた御手洗が急に大声で言い返した。

「手錠だけは勘弁してもらえませんか。幼い頃に生き別れた母が、最近自分を頼って近所に越してきたんです。この騒ぎで近くまで来ているかもしれない。母に、手錠をかけられている姿だけはどうしても見せたくないんです……。それから、知り合いの弁護士に連絡もしたいのですが」

「それは署に行ってからでいいだろう」

「僕の知り合いが万引きで逮捕されたとき、取り調べの刑事にひどく暴行されたんです。だから、取り調べには弁護士に同伴してもらわないと――」

刑事はうんざりしたようにため息をつくと、「ああ、もう、わかったから早くしろよ」と吐き捨てた。

御手洗は携帯電話を手に取り、ボタンを押すと、耳にあてた。そして、「あれ？間違えた」とつぶやくと、またすぐに電話をかけ直した。まるで時間稼ぎをしているかのようなわざとらしい動作だった。

「あれ、おかしいな、また間違えた」

御手洗はまたそう言うと、通話を切った。そしてまた、かけ直す。

——なにか変だ。

麻希は御手洗の様子に目を光らせた。知り合いの弁護士というくらいだから、携帯電話のアドレス帳に番号を登録してあるはずだ。いったい何を二度も間違えたのか。

不審に思った麻希が、前に立つ捜査員たちを押しのけて一歩玄関に踏み出したときだった。

室内に携帯電話の着信音が響き渡った。音は押し入れの中から聞こえる。

「電話をやめさせて！」

麻希は叫ぶと同時に室内に転がり入り、押し入れの扉を開けた。

「大至急、爆弾処理班を！」

押し入れには爆弾が置かれていた。そしてそれは麻希の目の前で六十分のカウントダウンを始めていた。

「御手洗、てめぇ、この野郎!!」

振り返った刑事が御手洗を取り押さえようとすると、御手洗は素早く身をかわし、キッチンの引き出しを開けた。

「お前ら、俺と一緒に自爆したくないだろ!?」

御手洗がそう言いながらキッチンの引き出しから取り出したのは、お手製のダイナマイトだった。

そして御手洗は刑事たちをあざ笑うかのように一瞥《いちべつ》すると、窓に向かって駆け出した。目の前にいた麻希は御手洗にぶつかって倒され、壁に後頭部を強打したが、御手洗はそれに構うことなく、窓枠を飛び越えて逃げていった。

「追え、追え、追えー、追うんだー!」

刑事たちが次々と窓の外に飛び降りていった。ようやく立ち上がった麻希は、刑事たちとは反対方向の玄関に向かって飛び出す。その右手には、なぜかライターを握りしめていた。

アパートの外では、住民の避難誘導が始まっていた。混沌とした現場で指揮を執っていた捜査三課の主任が、無線機に向かって怒鳴りつける。

「御手洗はどうした!　いつまで追いかけっこしてるつもりだ!!」

「み、見失いました……!　緊配《きんぱい》要請、お願いできますか!」

麻希は後ろから主任の肩を摑んで言った。

「あの、緊配ですが、主要幹線道路をふさぐ前に、このアパートを中心として半径五キロ圏内にあるコンビニ、スーパー、および駅構内の売店などに人員を配置すべきかと」

「何、意味不明なことを言ってるんだ！　頭打って狂っちまったか」

「御手洗がぶつかってきたときに、とっさにこれだけは奪っておきました」

主任に手のひらのライターを見せると、麻希は続けた。

「ダイナマイトを爆破させるには、火が必要です。御手洗はいま、着火装置がなければなんの威力もないダイナマイトを持って逃走しているだけです。御手洗は必ず、火を手に入れようとするはずです。先回りしてライターなどを販売している店舗に警察官を配備しておけば、むやみやたらに緊急配備を敷くよりも確保は早いと思うんですが……」

事件発生七十分前：午後六時二十分　リストランテ・オラツィオ

瀬名は腰に巻いた黒い前掛けのポケットから点火棒を出すと、健太と菜月の目の前でカチリと火をつけ、十八番テーブルのキャンドルを灯《とも》した。

「──事の発端は、一カ月前の交通事故だった」

キャンドルの炎が揺れ、テーブルが穏やかなオレンジ色に染まる。しかし、いまの健太にそれは、百物語のろうそくにしか見えない。

「ちょっと待ってよ、瀬名君。ろうそくつけながら話すと、さらに怖くなるんだけど」

怯《おび》える健太に、菜月が冷めた様子で言う。

「ばっかみたい。幽霊なんているはずないわ。で、どんな交通事故だったの？」

「その事故で、ある老夫婦が亡くなってしまってね。二人はうちのパティシエのファンだったんだ」

「パティシエってもしかして、渋沢真里奈《しぶさわまりな》!?」

菜月が突然目を輝かせた。そしてラインストーンがあしらわれた派手なバッグから雑誌を出すと、リストランテ・オラツィオの紹介ページを開いた。

「へえ。菜月ちゃん、うちの真里奈さんを知ってるの？」

「知ってるも何も、うちのクラスの口コミでも、真里奈さんのスイーツは絶品だって評判なのよ。ほら、こうして雑誌にも載ってるし」

瀬名はちょっと驚いた様子で、健太に囁《ささや》いた。

「この子、どんな学校通ってるわけ」

セレブが多くいる私立小学校、と健太は囁き返した。瀬名は納得したようにうなずくと、再び笑顔で菜月に向かって言った。

「そうそう。真里奈さんはもともと、『クチーナ・アマミヤ』専属のパティシエだったんだ」

「知ってるわ、クチーナ・アマミヤ。イタリアン激戦区の六本木《ろっぽんぎ》でも独り勝ちのイタリアンよね」

菜月がまるで丸の内のOLみたいな口調で答える。

「そ、そうそう。しかも真里奈さん、全国スイーツコンペでも、ドルチェで二年連続優勝しているくらいのすごい女性なんだ」

健太が話を戻す。

「で、その有名パティシエのファンだった老夫婦が、どうして幽霊の正体だと？」

「うん。真里奈さんがうちに転職したと聞いて、その老夫婦はとある火曜日の午後六時から八時まで、この十八番テーブルを予約していたそうなんだ。ところが、うちのレストランに来る道すがらに、交通事故で亡くなってしまった」

するとホールの隅でバゲットを切り分けていた支配人が、慌ただしく十八番テーブルにやってきた。

「瀬名君。店にはほかにもお客様がいるんだから、幽霊幽霊って騒がれると困るよ。

それに、お客様の個人情報をペラペラと話さないように」

支配人はそう言うと、健太と菜月に頭を下げ、立ち去った。

「……なんなの、あの態度。僕らは幽霊事件を解決しに来てやってるっていうのに」

憤《いきどお》る健太に、瀬名が同調して続ける。

「俺もあいつだけは、どうもね。俺がアイデアを出したこのキャンドルだって理由もなく大反対されたし、何かと黒い噂《うわさ》が付きまとってる支配人でさ〜。名前からしてうさんくさいんだぜ。真行寺《しんぎょうじ》アキラって、源氏名《げんじな》みたいだろ？」

健太は「黒い噂って？」と首を伸ばす。

「あいつの女癖の悪さは有名でさ。三度の離婚歴があって、それぞれの妻とのあいだに子供が何人かいるらしいんだ。それにも飽き足らず、店の常連さんに片っ端から手をつけているらしくってさ——」

男二人の噂話をうんざりしながら聞いていた菜月がふと窓の外へ目をやると、キャンドルの炎が反射する窓の向こうに英会話スクールの看板が見えた。自分と同年代の男の子たちが、騒ぎながら建物に入っていく様子が見て取れる。

菜月は視線を戻し、健太と瀬名に向かって言い放った。

「それじゃあパティシエの真里奈さんと支配人の真行寺さんって、男女の仲なんじゃない？」

え!?　と、健太と瀬名が揃《そろ》って絶句した。

「だって、おかしいでしょ。どうして彼女、六本木の名店からわざわざこんな郊外の無名店にやってきたの？　クチーナ・アマミヤよりもお給料がいいようには見えないし、窓の外の景色だって最悪よ。ロマンチックなディナー時に、外ではうるさいガキがぎゃーぎゃー騒ぎながら塾に入っていくんだもの。それに比べたらクチーナ・アマミヤは高層ビルの屋上にあるから、都会の夜景も楽しめるわけだし」

菜月はそう言いながら、雑誌に載っているクチーナ・アマミヤの紹介ページを開いて見せた。そこでは二ページにわたって、都会の展望が見渡せる店内の写真や、料理の写真、オーナーシェフの顔写真などが掲載されていた。

「ね？　どこをとっても、クチーナ・アマミヤよりリストランテ・オラツィオの方が劣っている。それなのにどうして彼女はわざわざここへ移ってきたの？　真行寺さんのオンナになったからでしょう」

「違う、違う！　真里奈さんに限って、そんなことあり得ないよ！」

菜月のその推理を、瀬名は強く否定した。菜月は話を戻す。

「ところで、その死んだ老夫婦は、なんで予約のときにこの十八番テーブルを指定したの？　例えばクチーナ・アマミヤだったら窓辺の席がよかったのがわかるわ。眺めが最高だから。でも、ここからの眺めを楽しむためにこのテーブルを指定したとは思えないわ」

「そう言われてみればたしかに――」

するとと腕を組んでじっと考え込んでいた健太が、「そうか、わかったぞ！」と手を叩《たた》いた。

「あの謎の予約は、幽霊の仕業《しわざ》なんかじゃない。営業妨害だったんだ！」

「営業妨害？」

「そう。無意味な予約を入れることで、満席にならないように――つまり、売り上げが落ちるよう、ライバル店が仕組んだんだ。だってほら、この雑誌にも書いてあったよ。真里奈さんがここのパティシエになってから売り上げが倍増したって」

「そうか。ライバル店の仕業だったのか……」

簡単に納得する瀬名に、菜月は矛盾点を指摘した。

「ちょっと待って。火曜日のディナータイムに満席になることなんてあるの？　そういうことなら、お客さんがもっとも多い週末の夜にニセの予約を入れるべきでしょ」

「あ、そうか」

瀬名があっさりうなずくと、健太は大げさに肩をすくめ、「この推理もダメか」と笑った。菜月はため息をつき、つぶやいた。

「ママ、早く来てくれないかな……」

事件発生六十分前：午後六時半　世田谷区千歳烏山

「爆弾冷凍処置完了！　ただいまより移送措置に入ります！」

御手洗の自宅アパートの押し入れに置かれていた爆弾の撤去が無事完了すると、爆弾処理班と入れ違いに捜査員と鑑識課員が室内になだれ込んだ。いまだ確保されていない御手洗の逃走先や、逃走を手助けする人物などがいないか、家宅捜索で調べるためだ。

麻希は爆弾が置かれてあった押し入れの内部を調べるため、写真を取りながら、中の荷物を次々と出していった。

すると御手洗の携帯電話をチェックしていた捜査員が言った。

「林田伸子《はやしだのぶこ》って女に、昨日だけで十回も電話かけてる。怪しいな」

そして電話をかけるやいなや、ぼやく。

「おいおい、着信拒否されてるぞ。御手洗の奴、林田伸子にストーカーでもしてたか」

「爆弾なんか作ってるわりには、肝っ玉が小さい奴なんじゃねぇの」

「爆弾起爆するときも、そうとう動揺してたしなぁ。自分で作った爆弾の起動番号を二度もかけ間違えてたしな」

麻希は捜査員たちの会話を聞き、「……なんか変」とつぶやくと、彼らに向かって問い詰めるように言った。

「絶対それ、変ですよ。どうして御手洗は、起爆のための携帯番号をあらかじめ登録しておかなかったのか――。ああ、しまった、もっと早く気がつくべきだった……!!」

麻希はそう言うと、アパートの外へと駆け出した。

アパート住民とその近隣住民の避難指示はすでに解除されていたが、外は野次馬であふれていた。さらに報道関係者まで集まりはじめ、現場は混乱の渦にあった。

麻希は人の波を必死にかき分けながら、現場の指揮官の姿を探した。すると、規制線のすぐ脇に停められたパトカーの近くに、爆弾処理班班長と本庁捜査三課の係長、そして御手洗の逃走を受けて応援に駆け付けた捜査一課の係長の姿があるのを認めた。

麻希はその輪に、強引に押し入った。

「あの、ちょっといいですか」

「――ハラマキ、またお前か! お前は黙って鑑識の仕事をしてろ」

「爆弾は本当に、アパートにあったひとつだけなんでしょうか」

麻希の言葉に、三人は黙り込んだ。

「御手洗は、アパートの爆弾を携帯電話で起爆させる前に、二度、電話をかけ直しています。ということは、別のふたつの爆弾がどこかにあって、それを先に起動させた可能性が高い。つまり、どこかにある残りふたつの爆弾が、六十分のカウントダウンを始めている可能性があるんです……！」

事件発生三十分前：午後七時　リストランテ・オラツィオ

幽霊事件の推理を繰り広げていた健太、菜月、瀬名の三人は、突然ホール内に響いたドンッという音に、いっせいに振り返った。

厨房《ちゆうぼう》から、上下白のコック服に、赤いバンダナを頭に巻いた小柄な女性が、不機嫌そうな顔をしてホールに出てきた。どうやらホールへの扉を足で蹴り開けたので、大きな音がしたようだ。

「渋沢真里奈よ！」

菜月が瞳を輝かせ、健太に耳打ちをした。真里奈はまっすぐ十八番テーブルにやってくると、健太や菜月を見向きもせず、瀬名に向かって乱暴に言い放った。

「瀬名！　なんで十八番テーブルに客通してんのよ」

瀬名は体を強張《こわば》らせながら、前掛けの紐《ひも》を指先でつまんで言った。

「えっ……ええっと……いや、空いてたので……」

「今晩もこの席は予約入ってるのよ。すぐに別のテーブルに移動させて」

真里奈は有無を言わさぬ様子でそう伝えると、さっさと厨房へ戻っていった。

あっけにとられる健太と菜月に向かい、言い訳をするように瀬名が言った。

「いや……真里奈さん、仕事以外では優しい人なんだよ。ただ来週、全国スイーツコンペがあって三連覇がかかってるから、ここんところちょっとナーバスになってるっていうか」

「真里奈さん、十八番テーブルの謎の予約が、亡くなった老夫婦の幽霊だって信じてるんじゃない？　そして責任を感じてるんだよ、彼らの死に……」

フォローするようにそう言った健太に対し、菜月は首をかしげて疑問を口にした。

「それにしたって、あんな怖い顔してホールに出てこなくったっていいのに」

瀬名は、客の前でひどく叱られたというのに、真里奈をかばうように菜月に向かって言った。

「いや、真里奈さんのあの怖い顔は、仕方のないことなんだ」

「どういうこと？」

「料理人はやはり、味覚が命だろう？　とくにパティシエに大事な、甘みを感じる味覚は、体温が上がると鈍くなっちゃうんだよ。だから彼女は、仕事中はいっさい笑わない。心が高ぶらないように、感情をコントロールしてるんだ。で、あのしかめっ面《つら》ってわけさ」

　そこへ、支配人の真行寺がやってきて、「お客様、大変申し訳ありませんが、そういった事情ですので――」と恭《うやうや》しく告げた。そしてミネラルウォーターの入ったグラスを隣の十七番テーブルに移し始める。席を移動しろ、ということらしい。

　菜月は、真行寺が厨房を振り返って小さくうなずくのを見た。それに対し、真里奈も真行寺に向かって小さくうなずき返していた。

　そのとき、しぶしぶ席を移動した健太の携帯電話に、麻希から着信があった。健太は二、三言話すと、すぐに電話を切った。

　菜月が問いかける。

「ママ、まだ来れないって？」

「うん、なんか変なこと言ってたよ。火に気をつけろとかなんとかって。しかも、いますぐ家に帰れって」

「そんな～。ママを待って、まだアンティパストすら注文してないのに」

　とりあえず健太と菜月が十七番テーブルに移動すると、瀬名は再びポケットから点火棒を出し、テーブルのキャンドルに火をつけた。そしてしんみりと言った。

「はぁ……、なかなか相手の心に火をつけることってできないもんだね……」

「……瀬名くんてさ、もしかして真里奈さんのことが好きなの？」

健太にそう問われた瀬名は、とたんに饒舌《じょうぜつ》に語りはじめた。

「最初はね、かわいいのに無愛想な人で苦手だったんだけど、閉店後、一緒のテーブルで賄《まかな》いを食べる機会があってね。僕、そのとき、仕事で失敗があって落ち込んでいたんだ。そんな僕を見て、真里奈さん何も言わずに、美味しいタルトを焼いて出してくれた。あの焼き立てのタルトは、本当に優しい味がしたんだ」

健太が苦笑する。

「優しい味……ねぇ」

「なんというかな、母なる大地に寛容に受け入れてもらっているかのような……」

その様子を見ていた菜月は、キャンドルを手に取り、指摘した。

「もしかしてこのキャンドルって、そのためのものだったんじゃないの」

瀬名は言い当てられた様子で、「え!?」と答えた。

「閉店後の賄いで、同じテーブルで真里奈さんと食事することがあるんでしょ？　少しでもロマンチックなムードにしたかったから、キャンドルを置くことを思い付いたとか」

瀬名はポリポリとこめかみを掻いて、照れくさそうに言った。

「いやぁ、もう、菜月ちゃんにはかなわないなぁ。さすが、敏腕オンナ刑事の一人娘だな、健太」

しかし健太は眉をひそめ、じっと窓の外を見つめている。

「――どうしたの、健ちゃん」

振り向こうとした菜月の両頬を、健太がとっさに抑えた。

「なっちゃん、目を合わせちゃダメ。変な男がこっち見てる」

瀬名が窓の外を見ると、たしかに坊主頭の男が一人、こちらをチラチラ見ながら店の外をうろついていた。

「変質者じゃないか？　同じとこ行ったり来たりしながら、ずっとこっち見てる」

菜月が怯える様子を見せると、瀬名は菜月の小さな肩に手を置き、言った。

「大丈夫。お兄さんが追っ払ってきてあげるから」

不安げな健太と菜月の視線を浴びながら、瀬名は窓の外の変質者ににらみを利かせ、店を出た。

瀬名の姿を目に留めると、坊主頭の男はまっすぐ瀬名に近づいてきた。男は走ってきたようで、大量に汗をかいている。

「すいません。火、ありませんか。タバコを――」

言いながら男は、ジャージの懐《ふところ》に手を入れた。

なんだ、タバコか、と安堵《あんど》した瀬名は、前掛けのポケットから点火棒を出した。

「どうぞ。ライターじゃなくて点火棒ですけど、店の前に灰皿もありますんで――」

すると男は、瀬名が差し出した点火棒をひったくるようにして奪い取った。そして懐からダイナマイトを取り出すと、瀬名の襟首をぐいと掴んだ。

驚いた瀬名は無我夢中で男の前から逃げ出すと、一目散にオラツィオの玄関に飛び込んだ。そして中に入るとすぐに上下二カ所の鍵を施錠した。

「非常口はどこ！　他に出口はないの!?」

窓から騒ぎを見ていた店内の客が、ダイナマイトに気づいてパニックに陥り、店の奥へ殺到している。床にはこぼれたワイン、割れたグラス、倒れた椅子が散乱し、店内は一瞬のうちに大混乱に陥った。

健太は携帯電話で一一〇番通報をしながら菜月の手を引いて、非常口のマークがある厨房のほうへ向かって逃げようとした。「なんの騒ぎよ」と厨房から出てきた真里奈は、窓の外の光景を見ると、声にならない悲鳴を上げた。

坊主頭の男が、向かいの英会話スクールの生徒と思われる少年を人質にして、ダイナマイトを振りかざして叫んでいる。

「来るな！　一歩でも近付いたら、この子供と一緒に粉々になってやるぞ！」

事件発生二十分前：午後七時十分　世田谷区千歳烏山

「ふたつ目の爆弾、見つかったそうです！　やはり教授の研究室に隠してありました！」

御手洗の自室アパート内に、無線連絡を受けて飛び込んできた刑事の声が響き渡った。

家宅捜索を続けていた捜査員のあいだで「よしっ」という声が上がったが、誰もその手を休めることはない。

別の爆弾がどこかでカウントダウンしている可能性があるうえ、逮捕目前で容疑者に逃走された事態を重く見て、普段は現場には来ない捜査一課長までもが家宅捜索現場にやってきていた。一課長は無線機を片手に、部下たちに喝《かつ》を入れる。

「予想される爆弾はあとひとつだ！　推定残り時間三十分、鑑取り捜査の暇はない！　なんとしてでも家宅捜索で手掛かりを見つけろ！」

鑑取りとは、事件関係者や目撃者などを捜し、聞き込み捜査をすることだ。残り三十分では、御手洗の人間関係を洗い出すことすらできない。そこで、爆弾設置場所と疑われる地図や住所のメモなどの直接的な手掛かりを求めての家宅捜索が続けられていた。

麻希は押し入れの中にあった、古びた段ボール箱の中身を調べていた。そこには御手洗の幼少時代の写真が無造作に詰め込まれている。

「麻希さん、そこはもう確認しました。子供の頃の写真に手掛かりはないと思いますよ」

隣の溝口が話しかける。麻希は段ボールの蓋に書かれた『ママとつねくんのおもいで』という文字と写真を見比べながら、何度も首をかしげた。

「なんか変なのよね……」

一方、捜査一課長が三課の係長に向かって怒鳴る。

「おい！　緊配にまだ御手洗は引っ掛からないのか！」

「まだその連絡は……」

「コンビニやスーパーに人員を配置だなんて、あんたの判断は間違っていたんじゃないのか。タクシーで逃走していたら、あいつはいま頃幹線道路を悠々通り過ぎているかもしれんんだろう！」

三課の係長の視線が恨めしげに、麻希に向く。

そこへ、連絡係の刑事が転がるようにして御手洗宅に入ってきた。

「たったいま調布東署から一報が入りまして、御手洗と思われる人物が、路上で少年を拉致し、人質に取りました！」

捜査一課長の顔色が、みるみるうちに青ざめていった。そして震える声で怒鳴りつける。

「なんでとっとと確保しないんだっ！　御手洗はダイナマイトを持っていても火がないだろうが」

「それが、どこかのバカが点火棒を奴に渡してしまったようで――」

「クソッ！　どこのバカだ。ぶっ殺してやるっ！」

一課長はそう吐き捨てると、特殊班に出動要請の電話をかけ始めた。

張り詰めた空気の中、麻希はあいかわらず写真の山と向き合っていた。首をかしげながら、隣の溝口に向かって話しかける。

「やっぱり変だわ。あれだけ整理整頓をきちんとしていた御手洗が、写真を無造作に箱に詰めておくなんて。普通、アルバムにきちんと貼って保管するはずよね」

そこへ、捜査一課長と連絡係の刑事がやり取りする声が聞こえてきた。

「御手洗の父親と連絡がつきました。いま、現場へ向かっているそうです」

「こういうときは父親じゃなくて、母親だろう」

「母親はかつて、幼い御手洗を捨てて若い男と駆け落ちしたそうです――」

「しかし、この近所に住んでいるんじゃないのか」

「ええ。最近、金をせびりに御手洗の近所に越してきていたようですが、今日は不在の様子で応答がありませんでした。父親いわく、母親を行かせたら火に油を注ぐだけだろうと……」

麻希は『ママとつねくんのおもいで』とマジック書きされた蓋を見つめ直すと、捜査一課長に言った。

「あのすいません、もしかして、林田伸子って――」

捜査一課長は麻希の質問には耳を貸さず、怒鳴り返した。

「お前は黙ってろ！　お前が余計な口出しをしたから、緊配に御手洗が引っ掛からなかったんだぞ！」

続けて一課長は、連絡係の刑事に怒鳴った。

「父親をすぐに現場へ急行させて、説得にあたらせろ！　特殊班は？」

「現場の路上前にあるリストランテ・オラツィオというイタリアンレストランを封鎖しまして、そこを指令本部とする予定です」

今度は麻希が大声で怒鳴った。

「リストランテ・オラツィオ!?」

事件発生十五分前：午後七時十五分　リストランテ・オラツィオ

「はい君、名前は？」

リストランテ・オラツィオの狭い駐車場に、レストランの客やスタッフたちがずらりと並ばされ、聴取を受けていた。その場所からも、ダイナマイトを持った男が少年を捉え、周囲を取り囲んだ警察に何やら怒鳴り散らしているのが見える。

健太は怯えた様子の菜月の肩をぎゅっと抱き寄せ、生真面目《きまじめ》な顔で答えた。

「原健太です。この子は妹の菜月――」

「子供はいい。君はレストランの客？　どこのテーブルに座っていた？」

無視された格好の菜月は大きな瞳をきっと吊《つ》り上げて、刑事を睨《にら》んだ。

健太が刑事の質問に答えようとしたところで、防爆スーツを着た一群がぞろぞろとワゴン車から降りてきた。そして周囲の人々に避難するよう叫び、健太を聴取している刑事に向かって大声を上げた。

「バカ野郎！　そんなところで事情聴取してる場合か！　すぐに避難させろ！」

これだから爆弾のトーシロは困るんだ、と爆弾処理班員が大声で毒づく。

「だいぶ混乱してるみたいだね。とにかく逃げよう」

健太が菜月を抱き上げようとすると、菜月はその手を振り払い、刑事のコートの裾をぐいと引っ張った。

「刑事さん！　気になることがあるんですけど」

「お嬢ちゃん、危ないからすぐに避難して！」

刑事はそう答えると、忙しそうにレストランへ駆け込んでいった。

「もう！　どいつもこいつも私のことを子供扱いして」

「しょうがないよ、まだ子供なんだから……」

「子供じゃないわよ！　私はね、警視庁刑事、原麻希巡査部長の一人娘、原菜月なのよ！」

菜月はそう叫ぶと、健太を振り返った。

「健ちゃん。レストランに戻ろう！　この騒動の鍵を握っている人物が、まだレストランに残っているの！」

菜月は健太の手を借り、レストランのトイレの窓から中に忍び込むと、便座に降り立って言った。

「あの混乱のとき、真里奈の行動がおかしいことにすぐに気づいたの」

健太は菜月をトイレの中へ下ろすと、次に自分が「よいしょ」と腕に力を入れ、窓の桟に足を引っ掛ける。

「だからって、こんなのはよくないよ。麻希ちゃんにばれたら怒られるよ」

「怒るはずないわよ。ママだって、いっつも上司の命令無視して、勝手に捜査してるんでしょ」

「まあね……。で、真里奈の何がおかしかったの」

「外のダイナマイト騒ぎを見た彼女が、避難もせずに厨房に戻っていったのよ」

「厨房の勝手口から逃げたんじゃない？」

「でも、避難した人の中に真里奈の姿はなかった。それに、驚いて犯人を見つめていた真里奈の目つきが、まるで知ってる人を見たかのような表情だったのよ」

「……っていうか、なっちゃん、挟まっちゃったよ。助けて～」

健太はレストランのトイレの、換気用の小さな窓に腰がはまってしまい、動けなくなっていた。しかし菜月はそれには気づかない様子で推理を続ける。

「真里奈はいったい、一人で厨房に残って何をしてるの？　いま、レストラン内には警察の人たちが集まって、作戦会議を開いている。彼女、その作戦会議を盗み聞きするつもりなんじゃないかしら」

「え～と、なっちゃん……とりあえず手を引っ張ってくれないかな」

「真里奈はもしかしたら、犯人と顔見知りなのかも。それで、警察の作戦を犯人に伝えるつもりじゃ……。たいへん、すぐに止めなくちゃ！」

　菜月は挟まったままの健太を置いて、店内に通じる扉を開けた。そしてトイレの入り口の角に小さくしゃがむと、レストランのホールを覗《のぞ》き込んだ。

　刑事たちが防爆スーツをまといながら、言い争いをしている。ガラス窓はすべて鉄板のようなもので覆われており、見張りの刑事がわずかな隙間からダイナマイト男の様子を観察していた。

「説得なんかしている暇はない！　残りの爆弾の起爆までもう十五分切ってるんだ。狙撃班はまだか？　ＳＡＴの配置は!?」

「ちょっと待ってくれ、奴は子供を人質に取ってるんだぞ。下手《へた》な行動に出て万が一のことがあったらどうする！　そもそも、もうひとつの爆弾なんて存在するのか!?」

　どうやら犯人と交渉して決着をつけようとする特殊班と、残りの爆弾を見つけて一刻も早く撤去したい爆弾処理班とがもめているようだ。

　菜月が立ち上がろうとしたそのとき、誰かの足が菜月の鼻の先をかすめていった。

　真里奈だった。

　真里奈はコック服姿で、両手にオーブンミトンをはめて、タルトが並んだ鉄板を抱えていた。そして刑事の輪の方へと進み、「差し入れです、どうぞ」とタルトを鉄板ごと差し出した。

「君！　とっとと避難しないとダメじゃないか」

驚いた様子の刑事たちに、真里奈はきっぱりと答えた。

「こういうときこそ、甘いものを食べて冷静な判断をしないと。砂糖に含まれるブドウ糖は、脳の働きを助けるんです」

真里奈に圧倒された刑事たちは、しぶしぶタルトを手に取り、言った。

「――いただくよ、だから、すぐに避難をしなさい」

真里奈はその言葉にうなずくと、刑事たちにタルトを配り、レストランを出ていった。

そこへ、無線の連絡が入った。

《人質の少年の身元が判明しました！　雨宮剛毅《あまみやごうき》、八歳。現在、父親の雨宮剛史《たけし》が現場へ急行中》

菜月はあっと叫びたくなるのを必死にこらえ、バッグから雑誌を取り出すと、クチーナ・アマミヤのページをめくった。そこにはオーナーシェフである〝雨宮剛史〟の写真が載っている。

菜月は思わず刑事たちのもとへと走り寄った。

「すぐに真里奈を止めて！　彼女を現場へ行かせてはダメよ！」

しかし刑事たちは菜月に驚いた様子もなく、そのうちの一人が「迷子か。まったくこの忙しいときに」と菜月をひょいと抱き上げると、外で警備していた警察官に「保護者を見つけてすぐ避難させろ」と突き出した。

「真里奈は犯人のところへ行くつもりよ、逃亡を助ける気かもしれない！　彼女を止めて！　そもそも、どうして鉄板の上にタルト並べて配るのよ。差し入れならお皿に移し替えて配るもんでしょ！　真里奈を早く止めないと……！」

わめき散らす菜月のもとで「僕、保護者です」という声がした。気が付くと菜月は健太に抱き上げられていた。

「なっちゃん、もういい加減にしなよ。帰るよ」

健太は珍しく苛立《いらだ》った様子だ。菜月を抱き上げながら肩と顎に携帯電話を挟んだ状態で、「麻希ちゃん？　なっちゃん確保したよ。すぐ帰るから」と言った。

「ダメよ！　ママに伝えて！　真里奈を早く止めないと！」

菜月がふと視線をやると、真里奈は封鎖線を守る警察官にタルトを配っているところだった。

すると、人質の剛毅が突然、泣き叫んだ。

「助けて！　ママ、助けてー！」

剛毅のトレーナーの襟にはダイナマイトが差し込んである。御手洗は左腕で剛毅を羽交い絞めにし、右手で点火棒をかざして叫んだ。

「うるさい、黙れ！　何がママだ！　ママなんて助けに来るはずないんだ。母親なんてな、意味、ないんだよぉぉぉ!!」

事件発生十分前：午後七時二十分　世田谷区千歳烏山

御手洗の叫び声は、健太の携帯電話を通じて、御手洗の自宅アパート前にいた麻希の耳にも届いていた。麻希は電話を切ると、再び御手洗の自宅へと飛び込んだ。

御手洗の自室ではまだ家宅捜索が続いている。「あと十分切ったぞ！　手掛かりのひとつもないのか!?」と、捜査一課長がかすれた声で叫ぶ。

「課長！　林田伸子って御手洗の母親ですね？　そうなんですよね!?」

食ってかかる麻希に、一課長はガラガラの声で返す。

「そうだ、林田伸子は御手洗の母親だ。だからなんだお前は、さっきから――」

「爆弾はそこです！　林田伸子――御手洗の母親の自宅です、母親の部屋をすぐに調べてください！」

「なんだって!?」

「御手洗の、母親に対する異常なまでの反応は明らかにおかしいです。母親は御手洗に金をせびりに近所に引っ越してきたのに、結局は息子を着信拒否にしている。何かトラブルがあったに違いありません。手錠をかけるときだって彼女の存在を口にしていたし、それにこれ――」

麻希はそう言い、『ママとつねくんのおもいで』と書かれた段ボール箱の蓋を差し出すと、言った。

「部屋の様子から見て、潔癖症の御手洗が、写真を無造作に保管しておくことは変だと思ったんですけど――御手洗にとって重要だったのは箱の中の写真じゃなくて、箱そのものだったんじゃないかと思うんです。だから、中身を整理整頓する必要がなかったんだと」

複雑な表情をする一課長を前に、麻希がさらに推理をぶつける。

「御手洗は論文の是非を巡って教授を殺す決意をした。自分の部屋にも爆弾が仕掛けてあったことからして、自殺するつもりだったんでしょう。そしてあとひとつの爆弾で、幼い頃に自分を捨て、自分の存在そのものを否定したも同然の母親を道連れにしようとしたんじゃないでしょうか――」

事件発生一分前：午後七時二十九分　リストランテ・オラツィオ

「早く逃げるんだ！　タルトなんて配ってる場合じゃない！」

鉄板を手に、規制線の前にたたずむ真里奈に、警察官は叫んだ。

「どうしても食べてほしいんです」

警察官が「いい加減にしなさい！」と真里奈の腕を掴んだ瞬間、真里奈はまだ熱の冷めない鉄板を前に突き出した。「うわっ」と声を上げた警察官は、目の前に突き出された鉄板をよけようと、身をよじらせた。

真里奈は鉄板を前に突き出したまま、犯人と剛毅のもとへと駆け出した。

「なっ、なんなんだっ、あんた!?」

御手洗が叫ぶ。二人の前に立った真里奈は、低い声で言った。

「差し入れです」

「んなもん、頼んでねえ！」

「あなたにじゃない、その子によ。子供がわめくと面倒でしょ。子供は甘いものが好きだから、きっと黙るわ」

真里奈はそう言い放ってかがみ込むと、剛毅と目を合わせた。

「――タルト、好きでしょう?」

剛毅の目からひと筋の涙がこぼれる。

「取ってあげるね」

真里奈は鉄板を、コンクリートの地面に置いた。真里奈がゆっくりと右手のオーブンミトンを外すと、その手にはペティナイフが握られていた。

健太は腕の中でもがく菜月を抱え、現場から遠ざかろうとしていた。

「探偵ごっこはもう終わりだよ。こういうのはプロに任せておけばいいんだから」

すると健太の耳の鼓膜が破れるほどの金切り声で、菜月が叫んだ。

「健ちゃん、事件発生！」

驚いて規制線の方を振り返った健太の両肩に、幾人もの刑事や警察官の肩がぶつかっていく。警察関係者たちがいっせいに規制線に向かって走り出したのだ。

「あの女を早く止めるんだ！」

「突入許可願います！」

膠着《こうちゃく》状態だった現場は、一転してカオスと化した。野次馬たちはどよめき、警察関係者は右往左往している。

真里奈に背中を強く押された剛毅は、御手洗の手から逃れ、地面に転がった。その傍らで、真里奈がペティナイフを御手洗に振りおろす。御手洗が身をよじると、ペティナイフはコンクリートの地面に弾かれて、キーンという甲高い音を立てた。さらに襲いかかろうとする真里奈の細い腕を、御手洗が摑んでねじり上げる。

地面に転がった剛毅は刑事に救出され、規制線の外に出た。襟元に差し込まれてあったダイナマイトを取った刑事は、それを天に掲げて叫んだ。

「ダイナマイト奪取成功！」

機動隊が、規制線を越えてどっとなだれこんできた。そのまま御手洗を押し潰す勢いで、強化プラスチック製の盾が突き出され、真里奈はもみくちゃにされながらも、規制線の外にはじき出された。複数の刑事たちが、その波の中を御手洗に手錠をかけようと押し寄せ、御手洗の身柄はようやく確保された。

「御手洗、爆弾のありかを吐け！　教授以外の誰に仕掛けた!?」

御手洗は何かくぐもった声を出し、抵抗を続けている。

「言えー！　爆弾はどこだ!?」

規制線の外で騒ぎを見ていた健太は、菜月を抱き上げたまま、興奮気味に口を開いた。

「真里奈の知り合いだったのは犯人じゃなくて、人質の少年の方だったのか……」

それを聞いた菜月が首をかしげながら言う。

「それにしたって、ずいぶん無謀な助け方じゃない。タルトをのせた鉄板で突進していくなんて。……まあ、それ以外に方法がなかったのはわかるけど」

「どういうこと？」

「真里奈はすぐ手に入る凶器――つまり、厨房にある包丁よね、それを持っていこうとしたのよ。だけど警察官がこんなにいちゃ、包丁を持っていることもできない。そこで、オーブンミトンの下に隠し持っていくことを考えついた。だけど、ただオーブンミトンをはめているのは変だから、熱々の鉄板を持つことにした。何ものっていない鉄板を持ち運んでいるのも変だったから、タルトをのせたってわけ」

「そうか……そうすれば、タルトを差し入れとして配るふりをして規制線に近付くこともできる。一石二鳥というわけか」

健太が、刑事たちに保護される真里奈を目で追いながらつぶやいた。

「それにしても、もうひとつの爆弾って、なんのことかな」

そのとき、屈強な刑事たちに押し潰されそうになりながら、御手洗が叫んだ。

「なんでだ、なんで僕のママは……。ちくしょう！　アイツが僕を捨てたから、誰も僕のことを認めてくれなくなったんだ。アイツが僕を何度も捨てたから……！　だからアイツは、僕と一緒に死ぬ義務があるんだー！」

刑事たちが「爆弾は御手洗の母親の自宅だ！」といっせいに叫ぶ。

「無理だ、もう推定爆破時刻まで一分切ってる、間に合わない……！」

そのとき、無線を握り締めた爆弾処理班員が飛び出してきて、叫んだ。

「間に合いました！　御手洗の母親宅で爆弾を発見、冷凍処置に入ったそうです！」

事件発生六十分後：午後八時三十分　リストランテ・オラツィオ

千歳烏山から駆け付けた麻希は、リストランテ・オラツィオの駐車場で、警察の聴取からようやく解放された健太と菜月を抱き止めた。

「もう、遅いよママ。二時間以上遅れるなんて〜」

菜月が甘えながら言う。

「ごめん、ごめん。それにしても、無事でよかった——」

麻希が二人の子供をぎゅうと抱き締めたとき、まだ雑然としている周囲の喧騒《けんそう》にも負けないくらいの音で、おなかがグウゥと鳴る音がした。

健太と菜月が同時に麻希を見る。麻希はおなかをさすりながら、苦笑した。

「今日は高級イタリアン食べ放題だと思って、ランチ抜いたのよね」

健太は「麻希ちゃんらしいや」と菜月と笑い合い、言った。

「残念だけど、高級イタリアンはまた次回にお預けだね」

規制線付近に停まっている救急車の前では、真里奈が治療を受けていた。御手洗とやり合った際、真里奈は左腕にすり傷を負ったようだ。その傍らには刑事が厳しい表情で立っていて、彼女の無謀な行動に苦言を呈している。

そんな真里奈を守るようにして、瀬名が刑事に楯突いていた。騒ぎの真っ最中はどこかへ逃げて姿が見えなかった瀬名だが、いつの間にか戻ってきたようで、必死に真里奈をかばっている。

やがて真里奈のもとに、長身の男性が姿を現わした。黒のスプリングコートの下は白いコック服で、その太ももには人質だった剛毅がしがみついている。剛毅の父であり、クチーナ・アマミヤのオーナーシェフである、雨宮剛史だった。

雨宮は真里奈の前に立つと、頭を下げた。

「……なんというか、とにかく、本当にありがとう。傷、大丈夫なのか」

雨宮と真里奈のあいだには、どことなくよそよそしい雰囲気が漂っていた。真里奈は肩をすくめただけで、すぐにうつむいた。

「驚いたよ。お前がまさかここで働いてたなんて……。ほら剛毅。お礼を」

雨宮はそう言うと、自分の背中に隠れている剛毅を促したが、剛毅はどこかすねたように口をとがらせ、そっぽを向いたままだった。雨宮は息子の様子をひと言詫《わ》びると、その場を去っていった。

すると今度は真行寺が現われて、真里奈と瀬名に向かってこう言い放った。

「店を再開させます。すぐ戻ってください。瀬名君も、ホールの掃除よろしく頼むよ」

すかさず、瀬名が抗議の声を上げる。

「そんな無茶な！　あんな騒ぎがあった直後で――」

「いまは書き入れどきです。野次馬、報道陣、警察関係者がわんさかいる。仕事が終われぱみんな腹をすかせてオラツィオの扉を開けるはずですよ。今夜は朝まで営業します」

瀬名は深いため息をついたが、真里奈はその言葉に無言でうなずき、立ち上がった。

その様子を見ていた健太は、菜月と麻希に向かって言った。

「さ、今日はもう帰ろう。みんなお取り込み中みたいだし」

しかし麻希も菜月も、健太の話をまったく聞いていない。

麻希は何か気が付いた様子の表情で、真里奈のことをじっと見つめている。一方の菜月は、リストランテ・オラツィオの窓辺の席、十八番テーブルを凝視している。

「麻希ちゃん？　なっちゃん？　二人ともどうしたの」

麻希が何か言う前に、菜月が満面の笑みで叫んだ。

「わかった！　十八番テーブルの幽霊の謎が解けたわ！」

英会話スクール前で、菜月が興奮気味に推理を披露《ひろう》し始めた。

「ね、よく見て。この場所からだと、厨房を人が出入りするたびに、ドルチェ室の真里奈の姿が見えるはずなの。だけど、十八番テーブルに人が座っちゃうと、厨房の入り口——つまり、真里奈の姿が見えなくなっちゃうのよ」

麻希は菜月の推理をうなずきながら聞いているが、健太と同様、瀬名もまだ菜月の推理の意図がわからないようだ。菜月はじれったそうに言う。

「だ〜か〜ら〜！　さっきの騒ぎでわかったでしょ。真里奈は危険を冒してまで雨宮シェフの息子を助けた。なぜならあの子が雨宮シェフの息子だって知ってたのよ。ということはやっぱり、真里奈と雨宮シェフは男女の関係だったんじゃないかしら」

「だ、男女の関係って……」

健太がたしなめるように言うと、菜月はそれを無視して続ける。

「だけど結局、真里奈は真行寺さんと付き合うことになって、雨宮シェフと別れた。それでも雨宮シェフは真里奈のことが忘れられなかったのよ。どうしても会いたい、でも真里奈に嫌がられる、そこで雨宮さんは息子の剛毅君を、オラツィオ前にある英会話スクールに通わせることにした」

瀬名が口を挟もうとしたが、菜月は間髪入れずに推理を続けた。

「剛毅君を送り迎えするたびに、雨宮シェフは、真里奈の姿をここから見ていたんだわ。だけど、十八番テーブルに客を通されると真里奈の姿が見えなくなる。だから、雨宮シェフがここへ来る毎週火曜日——つまり、剛毅君がここへ通う火曜日の六時から八時のあいだだけ、十八番テーブルに人が座らないようにニセの予約を入れていたのよ」

するとそこで麻希が異を唱えた。

「うーん。でもこの高さからだと、真里奈の姿がちゃんと見えるわよ」

麻希は菜月をよいしょと抱き上げると、「ほらね」とレストランの方向を指差して言った。

「なっちゃんの身長だと、たしかに十八番テーブルに人が座るとここから厨房の入り口が見えなくなるかもしれない。だけど大人の身長だと見えるのよ。それに――」

と言って菜月を下ろし、彼女のバッグの中に手を突っ込むと、雑誌を取り出した。

そしてクチーナ・アマミヤのページを開いて言う。

「ほら。クチーナ・アマミヤの定休日は毎週月曜日。だから雨宮シェフ、毎週火曜日は六本木の店に出てるはず。息子の通塾の送り迎えをしていたとは思えないなぁ」

菜月は途端にしゅんとなったが、気の強そうな瞳で母親を睨み返した。

「じゃあいったい、十八番テーブルの幽霊の正体はなんなの？」

麻希は「まあそう焦らずに」と言うと、突然、鑑識課の制服を脱ぎ始めた。驚いて思わず目をそらす瀬名と健太を尻目に、麻希は制服の下に着込んでいたプリンセスラインのワンピース姿でこう言った。

「お料理をいただきながら、謎解きといきますか」

麻希と菜月、そして健太の三人は、十八番テーブルに腰を下ろした。時刻は午後九時。すでに〝幽霊の予約時間〟は過ぎているので、真行寺も真里奈ももう彼らをとがめることはなかった。

瀬名はいつものように腰に巻いた前掛けのポケットから点火棒を出そうとしたが、思い出したように言った。

「そうだ。あの爆弾魔に取られたままだった」

「やだ。御手洗に火を貸しちゃったのって、あなただったの」

えへへ、と笑いながらマッチ箱を取りに戻った瀬名を横目に、健太が言う。

「でも、すごい偶然だよね。麻希ちゃんが追ってた犯人が、僕らがいるレストランにやってくるなんて」

戻ってきた瀬名が、マッチをすってキャンドルに火を灯した。麻希はじっとその炎を見つめて、言った。

「たぶん、これがすべての元凶ね」

「どういうことですか、元凶って――」

「この近隣のコンビニとかスーパーとか、火器を販売しているお店に警察官を配置しておいたのよ。だから御手洗は火器を求めてこのあたりを走り回っていて、窓の外から見えたこのキャンドルに行き着いた」

「お騒がせなキャンドルだなぁ」

健太が笑って言うが、麻希は鋭い瞳で瀬名を見上げて、尋ねた。

「ねえ。このキャンドルサービスってもしかして、一カ月前からやってるんじゃない？」

「ええ、そうですけど。……どうしてわかったんですか」

麻希は満足げにうなずくと、「とにかく腹ごしらえをさせて」とメニューを取り、次々と料理を注文し始めた。

食前酒から始まり、春野菜のバーニャカウダ、イベリコ豚の生ハムをぺろりと平らげ、プリモピアットに魚介のパスタ、セコンドピアットの仔羊料理も赤ワインで流し込み、魚も食べたいわと、本日のお勧めのオマール海老と白身魚の香草焼きも口の中に次々運んでいく。

「それで結局、十八番テーブルの幽霊の正体ってなんだったの？」

せかす菜月に、麻希は右手をヒラヒラさせて答えた。

「まあちょっと待ってよ。これからがお楽しみでしょ。瀬名君、締めに本日のドルチェをお願い。濃いめのエスプレッソも付けてね」

オーダーを伝えて戻ってきた瀬名に、麻希は突如、真里奈が来週参加する予定の全国スイーツコンペの話をし始めた。

「彼女のペティナイフ、事件の証拠品として鑑識課が押収しちゃったけど大丈夫かしら。きっと御手洗の裁判が終わるまで返却されないわよ」

瀬名はそれを聞くと心配そうな顔をして、腕を組んだ。

「それはまずいかもしれない……。たしかあのナイフは、真里奈さんがパティシエになりたての頃に師匠から受け継いだ大切なものだと聞いたことがある」

「料理人にとって、手慣れた包丁は命より大事、と言うわよね」

ほろ酔いで充血しはじめていた麻希の瞳に、ふっと鋭い光が走る。

「それなのに、その命よりも大事なナイフを使って、真里奈は剛毅君を救出した」

麻希の意味深な話し方に反応した菜月が「まさか」と顔を上げる。

「そう。真里奈にとって剛毅君は、命よりも大事なペティナイフよりも、大事な存在だった、と言っていいでしょうね」

力強く言い切った麻希に、健太が思わず立ち上がって言った。

「まさか——剛毅君は、真里奈さんの本当の息子……!?」

菜月がうなずきながらつぶやく。

「そうか……だから剛毅君はあのとき、『ママ、助けて』って叫んだんだわ。恐怖に駆られて思わずママって言っちゃったんじゃなかった。あのときちょうど、真里奈はタルトを持って規制線に近付いていた。母親の姿が見えたから叫んだのね、『ママ、助けて』と」

瀬名は愕然《がくぜん》とした様子でつぶやいた。

「そんな……じゃあ、真里奈さんは雨宮と夫婦だったたってこと!?」

麻希が静かに続ける。

「真里奈はパティシエとして成功するために感情を殺すほどの女性なんでしょ。その信念は結果的に、離婚と子供との断絶を招いてしまったんじゃないかしら。真里奈はかわいい我が子に会いたいただその一心で、この店に転職してきたのよ。剛毅君が英会話スクールに通う毎週火曜日の午後六時から八時のあいだに、厨房のドルチェ室から、会えなくなった我が子の姿を見るために——」

「なっちゃんとは逆の推理だね。外から真里奈さんを見るために、十八番テーブルの客が邪魔だったわけじゃない。厨房の真里奈さんが外にいる剛毅君を見るために、十八番テーブルの客が邪魔だった、というわけか」

するとと「ちょっと待って」と、瀬名が口を挟んだ。

「だけど、謎の予約が入りはじめたのはつい一カ月前からだよ。真里奈さんがここで働きはじめたのは一年以上前なのに……」

「だから、これが犯人なのよ」

麻希がにっこり微笑んで、ちらちらと優しい炎を揺らすキャンドルを指差した。

「キャンドルに火を入れられると、この炎が窓ガラスに反射して、窓の外が見えづらくなる。だけどこうして——」

と麻希は炎を一息に吹き消して、続けた。

「客がいなくてキャンドルに火さえ灯らなければ、これまでどおり窓の外——つまり、剛毅君の姿を、ちゃんと見ることができるのよ」

そこへ、両手に三つのドルチェの皿を持った真行寺が、十八番テーブルへやってきた。

「お待たせいたしました。本日のドルチェ、クランベリーソースのフォンダン、イタリアンモカジェラート添えでございます」

「わー、美味しそう！」とドルチェに飛び付いたのは、麻希だけだった。健太と菜月はぎろりと真行寺を睨み上げた。菜月が真行寺に向かって言う。

「真行寺さん。幽霊話はあなたのでっち上げだったのね」

菜月の勢いに乗って、健太も加勢した。

「そうだ。真里奈さんを雇ったのはこの店のオーナーであるあなただから、当然、真里奈さんがこの店で働くことになった本当の理由を知っていたはず。だけど瀬名君がキャンドルサービスなんて迷惑なものをはじめちゃったもんだから——」

真行寺は小さくため息をつくと、「参りました」と、深く頭を下げた。そして神妙な面持《おもも》ちで、「育児放棄を疑われたんだそうです」と真里奈の身の上話をはじめた。

「彼女はあのとおり仕事に命をかけていますから、子育てに追われながらも毎日ドルチェを作り続けていた。没頭するあまり、ネグレクトを疑われ——それで息子さんも一緒にお菓子を作ることを思い付いた。しかし、息子さんは彼女が目を離したすきに、ミキサーで指に怪我《けが》を負ってしまった。ちょうど離婚調停中の出来事だったため、彼女は親権を取られてしまったんです。そのうえ剛毅君は、自分の母親は自分を捨てて仕事を取ったんだと祖母に吹き込まれ、母親を憎むようになってしまいました。月に二度許されている面会交渉も、一度も実現していないんだそうですよ」

真行寺の話を、みな真剣に聞き入っている。

「最初はもちろん、彼女がここで働くのを断りました。彼女ほどの才能を、こんな郊外の小さなイタリアンレストランに閉じ込めておくなんてことはできない。しかし彼女の息子を思う気持ちは、痛いほどわかります——私も三度の離婚で、もう会うことが許されない子供がいますから」

菜月がぽつりとつぶやいた。

「……なんだかかわいそうね、真里奈さん。コンペ直前なのに剛毅君のために大事なナイフをダメにして、それなのに剛毅君ったら助けられたあと、そっぽ向いちゃって……」

麻希は「そうねぇ……」とつぶやきながらもドルチェを食べ続けている。やがて満足げにエスプレッソを飲み干したところで、真行寺に言った。

「このドルチェを作ったパティシエを、テーブルに呼んでいただけますか」

真行寺は「かしこまりました――」と恭しく腰を曲げ、厨房へと消えていった。すぐに、真里奈があいかわらずの無表情で十八番テーブルにやってきた。

「ドルチェ担当の渋沢です。本日はご来店ありがとうございます」

すると麻希は真里奈に向かって警察手帳を提示すると、おもむろに事件の話をしはじめた。

「御手洗って男――さっきの騒ぎの犯人ですが、爆弾を三カ所に仕掛けてたって話は知ってました？」

「刑事さんから聞きました。自爆用と、恨んでいた人物に復讐しようとしていたと――」

「ええ。その中には実母も含まれていました。御手洗の幼少時代に他に男を作って逃げた母親だとか。よっぽど、母親を憎んでいたんですね」

真里奈の眉間がピクリと動いた。構わず、麻希は続ける。

「でも御手洗の気持ちもわからないでもないです。その母親、最近になって息子に金をせびりに、御手洗のアパート近くに引っ越してきていたんですよ。しかも、御手洗が渡す金だけでは物足りず、母親は御手洗の保険証を盗んで勝手に消費者金融から金を借りていたんです。爆弾騒ぎの真っ最中、母親はその金で競馬場に行っていたらしいです」

「ひどい！」

菜月が思わず叫んだ。麻希がそれに大きくうなずいて答える。

「そうね。でも――それでも御手洗は、母親を許そうとしていたと思うのよ」

真里奈は何か言おうとして、黙り込んだ。健太が首をかしげながら、口を挟む。

「それはないでしょう。母親を許そうとしていたのなら、爆弾仕掛けたりしないと思うけど。どう考えても、母親を憎んで殺そうとしていたとしか思えないよ」

「そう考えると、矛盾点がひとつ。爆弾にどうして六十分のタイマーがついていたのかしら」

麻希の質問にみな、首をひねった。

「御手洗が作った爆弾は、携帯電話起動式のものだったの。通常は、着信した携帯電話が電気を発した刺激で爆発する。だけど御手洗はなぜか、携帯電話の着信で六十分のタイマーが作動するような面倒くさい仕掛けをわざわざ取り付けていたの。遠隔操作が可能な爆弾にどうしてタイマーなんてつける必要があったのか、ずっと不思議に思ってたのよね」

「それじゃ、最初から警察が爆弾を撤去すると期待してたってこと？」

「――というよりも、御手洗の中で、母親を殺したいほど憎む気持ちと、母親を愛したいという気持ちがない交ぜになっていたと思うのよ。そんな御手洗の複雑な感情が、起爆に六十分の猶予を与えさせたのかもしれないいんじゃないかと、私は思ってる」

麻希は真里奈を見上げ、微笑みながら言った。

「美味しかったです、このドルチェ。よく冷えたジェラートと、熱々のフォンダン。こってりと重たいモカと、あっさり爽《さわ》やかなクランベリー。相対するふたつのものが舌の上で複雑に絡み合って、深い余韻があります」

真里奈は深々と頭を下げると、表情を崩さず、十八番テーブルを去っていった。すぐに厨房から嗚咽《おえつ》がもれ聞こえたが、それはすぐにやんだ。

「それにしても、十八番テーブルの幽霊の正体が、母親の愛情だったとはねぇ……」

健太はしみじみとそう言い、瀬名を見上げた。瀬名は麻希の話に感動したのか、目に涙を浮かべている。そして、鼻をすすり、声を震わせて言った。

「真里奈さんのタルトがあんなに優しい味がしたのは、お母さんの味だったからか……」

真行寺が苦笑しながら言う。

「タルトは、剛毅君の大好物なんだそうですよ」

「剛毅君がその味を、覚えているといいね」

菜月がぽつりとつぶやいたのを、麻希が大きくうなずき、きっぱりと言った。

「大丈夫——今回の騒ぎでまた思い出したはずよ」

この物語は『女性秘匿捜査官・原麻希』シリーズのスピンオフ作品として二年前の単行本出版の際に寄稿したものです。

早いものでこのシリーズも昨年夏に第五作目『ルビイ』で完結しました。今回の文庫化にあたり、いまはもう私の手を離れた原麻希やその家族たちに再会でき、ちょっとセンチメンタルな時間を登場人物たちと過ごしました。

当時の執筆の際、私に背負われていた長男もすっかり成長し、現在は次男を背負いながら、日々新作の執筆に励んでおります。

新たな舞台、新たな登場人物たちが繰り広げる斬新な物語を、一日も早くみなさまにお届けできるよう、日々精進しております。ご期待ください!

吉川英梨

この物語はフィクションです。もし同一の名称があった場合も、実在する人物、団体等とは一切関係ありません。

〈解説〉

瀧井朝世（ライター）

二〇〇〇年代後半あたりからミステリーの一ジャンルとして、〈イヤミス〉なるものが流行したことはみなさんご存じだろうか。決まった定義はないが、湊かなえさんの『告白』に代表されるような、読者を突き放す後味の悪い結末が刺激的であり、魅力的でもある作品のことだ。では逆に、読後に心が温まるようなミステリーがあってもよいのでは？ということで登場したのがこの人気作家４人の書き下ろし作品を収めた『ほっこりミステリー』。単行本は『しあわせなミステリー』というタイトルで二〇一二年四月に刊行。文庫化の際に改題されたものが本書である。

タイトルからもわかるように、共通点はミステリー作品であること、読後にほっこりしあわせな気持ちになれること。単行本のオビでは「人の死なないミステリー」と謳われていたが、まさにその通り。通常推理小説といえば展開が予測不能であることがウリなわけで、こんな風に堂々とネタバレ的なコンセプトを打ち出してくるのは潔い。そのぶん、猟奇的な話が苦手な読者も安心して手にとることができるわけだ。

書き手は人が死なないことも結末の読み心地も読者が了解済みだと意識しつつ、それでもページをめくらせる話を創らなければならない。そこが腕の見せ所だ。挑戦した執筆陣はもはや押しも押されもせぬ人気作家の伊坂幸太郎さんを筆頭に、今後のミステリー界を牽引していくに違いない顔ぶれがそろっている。それぞれの短篇について触れていこう。

■伊坂幸太郎『BEE』

伊坂ファンなら読めばすぐに、この短篇が著者の『グラスホッパー』『マリアビートル』（ともに角川文庫）のスピンオフ作品であることに気づくだろう。この二作は殺し屋たちの争いをユーモアたっぷりに描いたオフビートな作品。〝しあわせなミステリー〟というお題であえて殺人者の話のスピンオフを選ぶところに著者の遊び心がうかがえる。凄腕の殺し屋なのに恐妻家という主人公の兜はこの二作には登場しないが、『野性時代』二〇一二年一月号に掲載された短篇『AX』と同二〇一四年二月号掲載の『Crayon』の主人公。彼の命を狙っているとされる毒針使いの殺し屋スズメバチは、長篇二作にも登場している。

兜の表の顔は、文房具メーカーに勤める一家の主。今回はそちらの顔がクローズアップされているのがユニークなところ。同業者に命を狙われているようだ、という設定はミステリータッチだが、本筋は家庭での彼の日常。妻の言動にビクビクしながらも、庭のスズメバチ退治を業者に頼まず、自分でやってしまおうとするところは殺し屋としての矜持かも。ほのかに不穏な気配を除けばユーモア家族小説といった味わいだが、ラストはやはりささやかな日常の幸福を感じさせるものとなっている。

■中山七里『二百十日の風』

第八回『このミステリーがすごい！』大賞で大賞を受賞して以降、二転三転のミステリーで一気に人気作家となった著者。本作はどの作品ともリンクしていない独立した短篇である。過疎化が進んだ限界集落が、村おこしのために村の丘に産廃処理施設を誘致しようと決断。多くの村民が賛成するなか、小学校教員の城崎夏美は猛反対。そんなある日、夏美も見張っていたというのに、施設建設予定地である丘の上の慰霊碑が忽然と消えてしまう。一体これはどんなイリュージョンというわけ？

シリアスな地方都市問題に物体消失のトリックを絡めた一作。しかしそれだけでなく、この作品にはちょっぴり不思議な要素が混じっている。ヒントは「赤い髪」と「真ん丸の目」、そして「宮沢賢治」。ミステリーというロジカルなものと、空想的な設定を融合させてしまうところに著者の挑戦がうかがえる。こちらも、最後の最後にそのことを知らしめることで、甘やかな余韻がいつまでも残る短篇となっている。

■柚月裕子『心を掬う』

第七回『このミステリーがすごい！』大賞で大賞を受賞してデビューした著者の、人気シリーズの主人公・佐方貞人が登場する。シリーズ第一作の長篇『最後の証人』（宝島社文庫）での佐方の職業は弁護士だが、その後の短篇集『検事の本懐』（宝島社文庫）と本作も収められている『検事の死命』（宝島社）はその十年ほど前、まだ検事だった頃の佐方の活躍が描かれる。ちなみに『検事の本懐』は二〇一二年に第二十五回山本周五郎賞にノミネートされ、二〇一三年に大藪春彦賞を受賞した。

身なりを気にせず、煙草をこよなく愛し、無愛想だが圧倒的な洞察力を発揮する佐方のキャラクターが独特で秀逸。本作でも、小耳に挟んだ郵便物紛失の話から事件の匂いをかぎ取るあたりはさすがである。まだ郵政が民営化される前の話であり、佐方は郵政監察官の福村、シリーズでは御馴染みの事務官の増田とともに犯人を追いつめるため一計を案じる。少しずつ証拠を積み重ねていく過程も読ませどころだが、何よりぐっとくるのは彼らの職務に対する誠実さである。福村が言う「私たちが扱っているのは単なる紙切れではありません。人の気持ち、心です」という言葉が沁みる。検察ミステリーに加え、職業小説として胸を打つものがある。

余計なお世話かもしれないが、ひとつだけ忠告を。この短篇は、食事中には読まないほうがいい。

■吉川英梨『18番テーブルの幽霊』

第三回日本ラブストーリー大賞エンタテインメント特別賞を受賞、二〇〇八年に受賞作の『私の結婚に関する予言38』でデビューした著者。恋愛小説にとどまらず、警察小説も執筆、〈女性秘匿捜査官・原麻希〉シリーズはドラマ化もされた著者の代表作。警察官同士で再婚した二人の子供を持つ母親という設定も非常に特徴的で、ワーキングウーマン小説としての読み心地も。作品は「アゲハ」「スワン」「マリア」「エリカ」「ルビイ」の5作で完結。どれもスピーディに場面展開して緊張感を保つ文体で読ませるが、今回の短篇でもその筆が冴えている。

最終巻では麻希の娘、菜月は高校生になっているが、この短篇は彼女がまだ八歳の頃の話。しかしすでに親譲りの推理力が発芽しているようで、義兄と訪れたレストランの予約席の謎に挑戦。と同時に麻希たち警察と爆弾魔との一刻を争う攻防が進行していく。キャラクターの立った警察ミステリーに〈日常の謎〉と家族小説を掛け合わせ、別々の場所でテンポよく話を進めたうえでそれらをクライマックスで融合させる手さばきも巧い。

伊坂さんのユーモア、中山さんの大胆さ、柚月さんの真摯さ、吉川さんの軽快さ。並べてみれば〝しあわせなミステリー〟と言っても切り口も文体も謎の描き方もまったく異なることがよくわかる。短い枚数ながら、どれもこぢんまりとした作品にはなっていない。みな共通して心地よい余韻を与えてくれているのは、どの人物も、家族や土地などその人の人生を形成するために不可欠なものを守ろうとしていたり、職務をまっとうしようとしたりと、その懸命さが描かれているからだろう。謎解きの醍醐味だけでなく深みのあるドラマをきちんと盛り込んでいるからこそ、読み終えた時には優しい余韻を感じさせてくれるのだ。

本書を読めば、ミステリーという幅の広さ、深さも感じられるのではないだろうか。だからもしもこのなかに今まで読んだことのなかった書き手がいたとしたら、ぜひ、他の作品にも手を伸ばしてもらえたら。一度にさまざまな作風を楽しめるアンソロジーは、そこから自分の読書体験を広げていく入口でもあるのだから。

宝島社
文庫

ほっこりミステリー (ほっこりみすてりー)

2014年3月20日　第1刷発行
2024年9月20日　第7刷発行

著　者　伊坂幸太郎　中山七里
　　　　柚月裕子　吉川英梨
発行人　関川 誠
発行所　株式会社 宝島社
〒102-8388　東京都千代田区一番町25番地
　　　　　　電話：営業 03(3234)4621／編集 03(3239)0599
　　　　　　https://tkj.jp
印刷・製本　中央精版印刷株式会社

First published 2012 by Takarajimasha, Inc.
ISBN 978-4-8002-2339-5